A Rembe, C Rembe

Straßburg

Schauspiel in neun Vorgängen

A Rembe, C Rembe

Straßburg
Schauspiel in neun Vorgängen

ISBN/EAN: 9783743642423

Hergestellt in Europa, USA, Kanada, Australien, Japan

Cover: Foto ©Andreas Hilbeck / pixelio.de

Weitere Bücher finden Sie auf **www.hansebooks.com**

Straßburg.

Schauspiel in 9 Vorgängen

von

A. u. C. Rembe.

Straßburg i. E.
Verlag von W. Heinrich.
1895.

Vertretung im Auslande.

Für **Amerika: Goldmark** und **Conried, New-York**, 13 West 42 Street.

Für **Schweden, Norwegen** und **Finnland: Oscar Wijkander,** Königlicher Hof-Intendant, **Stockholm.**

Für **Rußland** und **Polen: P. Neldner,** Buch- und Musikalien-Handlung, **Riga.**

Für **Oesterreich-Ungarn:** im Verlage von **Dr. O. F. Eirich** erschienen und ist das Aufführungsrecht dieses Werkes für die genannten Länder nur durch diesen zu erwerben.

Berlin, N.W. 7, Dorotheenstraße 61.

Felix Bloch Erben,
bevollmächtigte Vertreter der Autoren.

Zum 1. September 1895.

—✳—

Auf Frankreichs Feldern — einsam — Sternennacht.
Wie schläft im Thal die dunkle Stadt so still.
Dumpf, heiser dröhnt herauf des Turmes Ton;
Das ist die Kathedrale von Sedan,
Die einst gesehn den Sturm des Weltgerichts.
Hier, wo das Gras im lauen Nachtwind weht,
Stand kriegsgerötet, wild im Flammenschuh
Jehovas Zornesengel und er wog,
Und donnernd klang die Wage: In den Pfuhl
Ward da geschleudert, was zu leicht befunden;
Das große Sterben war es!
                              Dort im Grund
Ihr Krieger, die ihr ruht in Todes Arm,
Aus Euren Gräbern strahlend steigt es auf,
Hoch wie ein Dom: die Kaiserherrlichkeit
Ist Euer Grabmal, das unsterblich ist!
Du warst mit uns, der Du der Kriegsmann bist,
Der ewig siegende, Herr ist Dein Name!
Wo stehst Du heut? Von Kriegsgewittern starrt,
Europens Horizont, und tief im Volk
Da sitzt der Feind, der rüttelt an den Herzen.
Furchtbare Zeit! Auf Markt und Gassen prahlt
Das freche, Fleisch, die Babelskönigin,

1*

Verhöhnt, in Lumpen steht des Himmels Geist;
Seht Ihr im Winkel nicht den finstern Gast,
Die graugemähnte Riesin, Schicksalszorn?!
Lernt sehen, sehn! Das Unsichtbare ist!

Aus der Geschichte Nebeln steigst Du auf
Mein Friedrich Wilhelm, mit der Stirn des Zeus
Und mit des Genius' Auge. Ja, Du sahst!
Fern Deiner Mark, gefahr- und feindumrungen,
Am Totenbette des gewaltigen Sohns,
Schriest Du nach Menschenhilfe nicht, Du sahst,
Du griffest Gottes Hand — da ward Dir Sieg!
Vor Deinen Fahnen schritt der Zukunft Geist,
Der mächtige Balken wurdest Du im Kiel
Von Deutschlands Kaiserschiff!

Nun laßt die Pracht
Der bunten Scene Euch vorüberfliehn,
Tränkt Eure Seelen mit dem starken Wein
Aus der Geschichte Kelter; lernt von ihr:
Das Volk ist totgeweiht, das Eins verlernt,
Das Heiligste,

Das Nationalgefühl!

Personen:

Friedrich Wilhelm, Kurfürst von Brandenburg.
Kurprinz Karl Emil, brandenburgischer Generalmajor zu
  Pferde.
Prinz von Braunschweig }
Graf von Nassau } Generale der Reichsarmee.
Friedrich v. d. Pfalz }
Herzog Bournonville, kaiserlicher Generalissimus im Elsaß.
Graf Turenne, französischer Feldherr.
Kaprara, kaiserlicher Oberst.
Oberst Götze }
Oberstlieutenant Dönhof } brandenburgische Offiziere.
Marquise de Sulpice, eine Verwandte Herzog Bournonvilles.
Marguerite, in ihren Diensten.
Gräfin Türkheim.
Bischof von Straßburg.
Dominikus Dietrich, Ammeister von Straßburg.
Franziskus Reißeißen }
Antonius Schott } Bürger Straßburgs.
Stättmeister Habrecht }
Johann Fritschmann, französischer Resident in Straßburg.
von Asfeld, französischer Oberst.
Courbière, ein Refugié.
Hausmeister der Gräfin Türkheim.
Erster } Diener der Gräfin Türkheim.
Zweiter }
Ein österreichischer Kurier.
Ein brandenburgischer Kurier.
Offiziere der brandenburgischen und kaiserlichen Armee.
Bürger, Refugiés, Volk.
Ort der Handlung: Das Elsaß.
Zeit: 1674.

I. Vorgang.

(Zu Straßburg. — Halle im Rathaus. — Hinten Straße.)

1. Auftritt.

Franziskus Reißeißen. Antonius Schott.

Reißeißen.

Hier ist die Liste, Alles steht bereit,
Fünfhundert Bürger haben unterzeichnet,
Und wenn der Zug der Protestanten kommt,
So ist für Brot und Obdach vorgesorgt.

Schott.

O diese furchtbar kriegerische Zeit!
Der Jammerzug, zweitausend Flüchtige
Mit Weib und Kind! Da liegen neue Briefe
Von Altkirch, Rappoldsweiler, Kaisersberg;
Auch Kolmar brennt! Das ganze Oberelsaß,
Sonst schimmernd im Glanz und Frieden seiner Berge,
Kohlt nun in Trümmerresten! Hingeschmettert
Im Blute ächzt der Protestantenglaube!

Reißeißen.

Doch Straßburg steht! In stolzer Sicherheit,
Des Protestantentums gewaltiger Hort,
Oeffnet es weit die Thore den Bedrängten.
Nie hab ich mich so herrlich je gefühlt,
Als freier Ratsmann einer freien Stadt.
Antonius Schott — was ist Euch!

Schott.

Meine Kinder!
Courbière, mein Tochtermann, lebt in Stadt Ruffach,
Vier Meilen nur entfernt von Kolmar. — Dächt ich —!

Ihr seid erst jung vermählt, Ihr faßt den Schmerz nicht.
Das Enkelkind, blauäugig, blondgelockt,
Die Wonne meines Alters, müßt' ich's wissen
In der Franzosen Fäusten — !

Reißeißen.

Wißt Ihr's denn?
Ich seh', der Schmerz ist vorschnell wie die Freude.
In einer Stunde sind die Flüchtigen hier,
Dann habt Ihr Sicherheit. Bis dahin sammelt
Die Kraft der Seele, komme dann, was mag.
So habt Ihr selber Weisheit mir gelehrt.

Schott.

Käme ein Retter doch dem Land geschickt!

Reißeißen.

Zu Speyer steht des Kaisers General,
Herzog von Bournonville mit großem Heer,
Und zweiundzwanzig Banner deutscher Fürsten
Weh'n um ihn her im Kranz.

Schott.

Die deutschen Fürsten!
Uneins im Rat, uneins im Kampf, zerspalten,
Zerrissen hundertfach, ein loser Haufen
Purpurner Lappen, die der Wind zerbläst,
Was sind sie alle gegen jenen Einen,
Den furchtbaren Türenne, Meister der Kriegskunst!
Bei Weißenburg steht er gewaffnet da,
Geschmückt mit Einzheim's blutigen Sieg! (resignirt) Und
Straßburg!

Reißeißen.

Wir sind neutral.

Schott.

Neutral, wie lange?

Reißeißen.

Wie?

Schott.

So lange Frankreich will!

Reißeißen.

Ihr seht sehr finster.

Schott.

Ja, finster seh' ich in die dunkle Ferne!

2. Auftritt.

Die Vorigen. Dominikus. Dietrich.

Dietrich.

Würdige Herren, ich biete Gott zum Gruß.
Ratsmann, Freunde, Euer Urteil will ich,
Erst über mich, dann über meine Sach'.
Habt Ihr mich je erfunden toll, phantastisch,
Den Leuten gleich, die so geschwächt im Hirn,
Daß sie den Traum mit Wirklichkeit verwechseln?

Schott.

Niemals Dominikus.

Reißeißen.

Wie wärt Ihr sonst
Ammeister, Haupt der Stadt, Herr Dietrich.

Dietrich.

Hört.
Vergangene Nacht stand ich an meinem Fenster,
Das hin zum Münster blickt. Mich floh der Schlaf,
Die Weltgeschicke überdacht' ich, dachte
An das gewaltige Schicksal, das den Erdball
Geheimnisvoll in ewigen Händen rollt,
Zum Hohn den Narren, die selbst zu lenken glauben.
Da seh' ich Licht, grad in der Uhrkapelle.

Schott.

Licht in dem Münster?

Reißeißen.

Mitten in der Nacht?

Dietrich.

Zum Degen greif' ich, nehm die Schlüssel, geh'.
Vor dem Portale stutz' ich, eine Stimme,

Gedämpft und lieblich, wie ich's nie vernahm,
Singt unsre theuren Verse:
  „Wo Gott der Herr nicht bei uns hält,
  „Wenn unsre Feinde toben,"
Und dann:
  „Sie stellen uns wie Ketzern nach,
  „Nach unserm Blut sie trachten."
Da stoß ich auf die Thür, doch Totenstille
Und tiefe Nacht umfängt mich. Unterdeß
Sind zwei der Knechte mir gefolgt mit Lichtern,
Und alles wird durchsucht: Der Silberhahn,
Die güldene Sonnenkrone, die Apostel,
Das goldene Gitter, Alles wird beleuchtet
Und nichts gefunden.

Reißeißen.

Und die Nebenpforte?

Dietrich.

Verriegelt fest.

Reißeißen.

Das Thürschloß des Portals?

Dietrich.

Ist unverletzt.

Reißeißen.

Und eine Stimme sagt Ihr?

Dietrich.

s' ist rätselhaft.

Schott.

Wenn's nicht ein Zeichen war,
Ein wahrer Traum von Gott gesendet! Hört:
Wie Ihr, das Haupt der Stadt, in Dunkel standet,
So wird auch Straßburgs Herrlichkeit verlöschen
Plötzlich in Nacht. Französisch werden wir!

Dietrich.

Kraft welchen Rechts? Und unsere Verträge,
Die heilig sind verbrieft?

Schott.

Papier, Papier!
Des Panthers Kralle setzt sie auseinander,
Wenn er im Sprung uns auf den Nacken stürzt!

Dietrich.

So wird die Welt geharnischt sich erheben
Wider den Schänder der Gerechtigkeit,
Der Säule aller Staaten!

Schott.

Wer soll helfen?

Dietrich.

Das deutsche Reich!

Schott.

Das deutsche Bettelreich?!
Wer unter deutschen Fürsten ist ein Fürst
Und deutscher Mann, den deutsche Sache rührt?

Dietrich.

Nun, einen kenn' ich wohl, den Hohenzoller,
Wenn der uns hilft — !

Schott.

Der aber kommt nicht, pah',
Fern sitzt er in der Mark.

Dietrich.

Er unterhandelt
Doch mit dem Kaiser.

Schott.

Oestreichs Unterhandlung.

Dietrich.

Schon einmal hat er für bedrängtes Volk
Den starken Arm erhoben, hat gefochten
Für Hollands Freiheit.

Schott.

Ward's ihm denn gedankt?
Der löscht nicht mehr, wenn fremder Hausrat brennt.

Reißeißen.

Ihr Herren still, da kommen seltne Gäste.

Dietrich.

Ah, Johann Frischmann, Frankreichs Resident
Und der Herr Bischof. Merkt Ihr was?

Schott.

Ich merk'!

Der Protestanten wegen.

3. Auftritt.

Die Vorigen. Johann Frischmann. Der Bischof.

Frischmann.

An den Rat.

Im Namen Frankreichs!

Dietrich.

Ihr Herr Bischof sprecht — ?

Bischof.

Im Namen des Friedens, meines Amts gemäß.
Einspruch erheb ich gegen den Beschluß,
Der Straßburgs Thore öffnet fremdem Volk.
Neutralität verletzt Ihr, Frankreichs Feinden,
Die es vertrieben mit siegreichem Schwert,
Gewährt Ihr Unterkunft. Wollt Ihr den Krieg
Und der Kanone fürchterlichen Ball
In Eure Mauern locken, soll der Friede
Das letzte Nest, wo er mit reinem Fittig
Noch schlummert, fliehen? Frankreich beleidigt Ihr!

Dietrich.

Noch sprach nicht Frankreich zu uns.

Frischmann.

Aber jetzt!

Der Ketzerbettlerzug, dem Eure Arme
So gastfrei sind geöffnet, trägt auch Bürger
Französischer Nation. Aus ihrer Heimat
Hinausgepeitscht einst, nisteten sie sich
In Kaisersberg, in Schlettstadt, Kolmar ein.

Doch Frankreich, das auf's Neu sie aufgespürt,
Jagt sie wie giftige Ratten bis zum Tod,
Und ich verbiete —

Dietrich.

Nichts verbietet Ihr!
Herr Johann Frischmann, als Ihr Ratsherr wart,
Noch hieltet zu der Lehr', die Euer Vater
Sich blutig hat erkämpft, da wußtet Ihr,
Daß Furcht nicht wohnt in freiem Bürgertum.
Gar sehr verwandelt wurdet Ihr, nicht wir,
Und noch ist Straßburg eine feste Burg,
Wie unser Gott, dem Protestantenglaube!

(Lärm.)

Reißeißen.

Das sind sie!

Schott.

Kommt!

Dietrich.

Ihr Herren bleibt in der Halle,
Bis sich die Zornflut des empörten Volks
Besänftigt hat. Ihr seht, ich sorg', daß Frankreich
Und auch der Friede nicht beleidigt wird.

(Die Ratsherren gehen ab.)

Bischof.

Du frecher Bürgerstolz! Niemals, ich ahn's,
Werd' ich im Münster einziehn an der Spitze
Der heiligen Prozession, nie wird das Hochamt,
Die ewige Messe glänzend zelebriert,
Und nie der Chor der Responsorien
Das Schiff des Münsters feierlich durchbrausen.
Du grauer Riesendom, geschändet ragst du
Und ketzerisch entehrt, nie wird die Lampe
Süßduftend glühn am Muttergottesbild!

Frischmann.

Sie wird's!

Bischof.

Ich bin ein achtzigjähriger Mann.

Frischmann.

Und Ihr erlebt es noch!

Bischof.

Frankreich vergaß uns:
Kleinmütig ward die Zeit.

Frischmann.

In Frankreich nicht:
Scharf über die Vogesen blickt's hinaus!
Den Ratstalar und meines Vaters Glaube
Hab' ich verschachert nicht um Geld und Rang;
Das Große zog mich! In Paris vor Ludwig,
Dem Sonnenkönig, majestätumstrahlt,
Bin ich gestanden und ward nicht geblendet.
Doch als in stiller Stund' Feldherr Türenne
Den Plan enthüllt, und ich erkannt', wie hoch
Auf Adlersschwinge jagt der Herrschergeist,
Da ward ich Frankreichs! Dieser Plan, Herr Bischof,
Trägt Siebenmeilenstiefel!

Bischof.

Und er heißt?

Frischmann.

Das Weltcäsarentum! Der große Ludwig
Soll herschen wie geherrscht der große Karl!
Germanien wird Vasall!

Bischof.

Und Straßburg?

Frischmann.

— Fällt!!

Bischof.

— Herr Du da droben, dürft am Münster ich
Ludwig den allerchristlichsten empfangen,
Du ließest Deinen Diener friedvoll sterben,
Mein Auge sah den Heiland! — Wie geschieht's?

Frischmann.

Jäh, wie ein Schuß, blitzschnell, im Überfall,
Wie Feuer in der Nacht; wenn sie gepackt sind,
Am Boden zappeln, soll'n sie's kaum schon wissen,
Von Schrecken ganz betäubt, so schnell geschieht's!
Die weisen Herren vom Rat!

Bischof.

Wann aber, wann?

Frischmann.

Wie sie sich klammern werden an den Wisch
Neutralität, ich seh's!

Bischof.

Wann, sagt mir.

Frischmann.

Wann?
Die nächste Woche, morgen, übers Jahr,
Was weiß denn ich, der König weiß allein!

Bischof.

Der Kaiser schloß Bündnis mit Brandenburg,
Drum hütet Euch und was Ihr thut, thut rasch.

Frischmann.

Ist Eure Kunde sicher?

Bischof.

Fest verbürgt.

Frischmann.

Dann weiß sie auch Paris! Gewittert also
Ist Frankreichs Absicht. Schnell eh' sich der Fürst
Vereinigt mit dem kaiserlichen Heer,
Muß sie zur That erwachsen. Bischof, bald!
Fahl in der Wolke schlummert schon der Blitz,
Der Straßburgs alte Bürgerkron' zerschmettert:
Die Zeit geht schwanger, und geboren wird
Cäsarenherrscherglanz!

Bischof.

Unter dem Kreuz!

4. Auftritt.

Die Vorigen. Franziskus Reißeißen. Antonius Schott.
Dominikus Dietrich. Dann Courbière.

Reißeißen

(reißt die Mittelpforte auf, man sieht den Zug der Ausgetriebenen die Straße
hinabziehen).

Hier, Frankreich und Herr Bischof, seht den Zug, ·
Einst Bürger, Bettler jetzt!

Schott. (juchzend.)

Ich find' sie nicht!
Kolmar ist schon vorbei; tot sind sie, tot!!

Dietrich.

Die Seele brennt beim Anblick. — He, Courbière!

(Courbière mit Weib und Kind tritt auf.)

Schott.

Ah!! — Meine Kinder —! Tochter —! Kleiner Kerl —!

Courbière.

Im Namen Aller, Straßburg, unsern Dank!

Reißeißen.

Erzählt, erzählt.

Courbière.

In Ruffach wohnten wir,
Wenn auch nicht stolz, geduldet wenigstens
Unter Katholischen, des Lebens sicher,
Und saßen friedvoll an dem neuen Herd.
Da kommt der Krieg, der General Coulange
Rückt ein mit Kavallerie, Kontribution
Bis auf das Hemd, und Nachts die Plünderung!
Gepreßt, gedrangsalt reicht der Bürgersmann
Den letzten Thaler und das letzte Bett!
Dreihundert Wagen, hochgepackt mit Raub,
Ziehn aus der Stadt, der Jahre Arbeit drin!
Schon dachten wir: Das schlimmste wärs, da brennt
Von Bubenhand die Katholikenkirche,
Und wie aus Wahnsinnskehle rast der Schrei
Von Gass' zu Gass': Die Protestanten wärens!

Fort mußten wir, zum zweiten Mal gejagt
Des Glaubens will'n! Im Glutschein unsrer Häuser,
Durch Pöbelwut und Soldateskagrimm
Gings fort im Zug! Von bleichen Lippen klang
Das heilige Kirchensturmlied. Vers für Vers
Und gab uns Trost! In Blut und Steingeschmetter,
Durch Salvenkrach und jähen Tod, gehüllt
In Pulverrauch, schwoll's hell zum Strom — gewaltig!
So zogen wir hinaus!

Schott.

Gerettet.

Courbière.

Bettler!!

Reißeißen. <small>(zum Bischof uud Frischmann.)</small>

Durch eine Nebenpforte könnt Ihr sicher —

Bischof.

Was?

Frischmann.

Wir gehen durch das Portal!

Reißeißen.

Ihr Herren, bleibt.

<small>(Ein Bürger spricht mit Dietrich.)</small>

Dietrich.

Wie? Ein Kurier? Herein mit ihm.

————

5. Auftritt.

<small>Die Vorigen. Kurier. Dann Stättmeister Habrecht.</small>

Kurier.

Aus Speyer.

Von Herzog Bournonville an Straßburgs Rat.

<small>(überreicht ein Schreiben.)</small>

Ihr Herrn, fast wars geschehn um Euren Brief,
Denn scharf gezielt jagt' eine Kugel mir
Bei Kehl um's Ohr aus fränkischer Muskete.

2

Von Musketieren wohl zweitausend Mann
Schwimmen den Rhein hinab in starken Booten;
Auch Branderschiffe, hoch voll Pech und Reisig
Sind mit dabei. Ammeister seht Euch vor!

Dietrich.

Französisch Volk bei Kehl?! Herr Resident!
Beschwerde führ' ich feierlich bei Ludwig,
Der Majestät von Frankreich! Völkerrecht
Und der Verträge heilig fester Schwur
Stehn um uns her als Schilde, — Still der Lärm!
Schickt die Trabanten vor! — und ich erkläre —

(Volk stürzt herein. Stättmeister Habrecht tritt auf.)

Habrecht.

Der Rheinpaß brennt! Die Brück bei Kehl in Flammen!
Franzosen rücken an, grad auf die Stadt!

Dietrich.

Die Thore zu! Die Lunten angesteckt!
Ihr Bürger, auf die Wälle, zieht die Glocken!
Daß ist Gewalt, Verrat und Ueberfall!

Schott.

Dominikus, die Stimme!

Frischmann.

Bischof, heut!

Obrist von Asfeld. (draußen.)

Eintritt in Frankreichs Namen!

Frischmann.

Frei die Thür!

—

6. Auftritt.

Die Vorigen. Obrist von Asfeld.

v. Asfeld.

Oberst von Asfeld, ich, in dem Befehl
Des Generals Vicomte von Lescouet,
Aufklärung fordre ich —

Dietrich.

Aufklärung wir!
Ammeister ich, Dietrich, Dominikus
Stell Euch zur Red'! Neutral Gebiet verletzt Ihr
Mit räuberischem Schritt! Kraft welchen Rechts?

v. Asfeld.

Kraft Euren Unrechts, des verräterischen
Ihr nahmt Partei!

Dietrich.

Partei?!

v. Asfeld.

Dem Kaiserheer
Seid Ihr bereit, die Thore zu eröffnen!

Die Ratsmannen.

Das ist nicht wahr! Gelogen ist's! Infam!

v. Asfeld.

Wollt Ihr mich Lügen strafen, freche Bürger?
Wir fingen Briefe auf!

Dietrich.

Wo sind die Briefe?

v. Asfeld.

Kennst Du nicht Ritterworte?

Dietrich.

Zeigt die Briefe!
Auf Euren Bajonetten hängen sie!

v. Asfeld.

Pah, glaubt es oder nicht. Ihr seid verdächtig,
Das ist genug, und darum fordern wir —

Dietrich.

Verdächtig! Höret Ihr? Verdächtig sind wir!
Das böse Lamm, es hat dem sanften Wolf
Das Wässerchen getrübt. — Was fordert Ihr?

2*

v. Asfeld.

Die Thore auf! Straßburg trägt Garnison
Bißhin zum Frieden!

Dietrich.

Merkt Ihr? Höret Ihr?
„Trägt Garnison" das heißt, wir schlucken Euch!
— Wenn wir uns weigern?!

v. Asfeld.

Wählt Ihr selbst den Krieg!
In Euren Münster fliegt die Brandgranate,
Wir nehmen Euch im Sturm, geplündert wird:
Hier habt Ihr Krieg und Frieden.

Dietrich.

Frieden?
Nennts Unterwerfung!

Die Bürger.

Ueberrumpelt sind wir!

v. Asfeld.

Nennt's wie Ihr wollt! Ich lad' mich in's Quartier,
Ammeister Ihr, Dietrich, Dominikus,
Auf Wiedersehn bei Euch zum Frühstück heut.
Nun ratet klug, Ihr klugen Herren vom Rat,
Wir geben Zeit bis zum Kanonenschuß! (ab.)

Dietrich.

Herr, Herr in dem gewaltigen Himmelssaal,
Wo deine Blitze lodern, rett' uns, rette!!

Schott.

Sind wir denn ganz verlassen?

Reißeißen.

Auf die Mauern!
Wir halten Stand!

Bischof.

Bedenkt. O Männer, Männer,
Sucht Frankreichs Gnade, reizt nicht seinen Grimm.
Soll Euer Blut an Eure Häuser spritzen?
Denkt Eurer Weiber, Eurer Kinder; bleibt!

Reißeißen.

Die Wälle Straßburgs sind gewaltig fest,
Wir halten aus!

Frischmann.

Bis wann?

Reißeißen.

Bis Hülfe kommt!

Frischmann.

Hülfe von wo?

Reißeißen.

Vom Kaiser!

Frischmann.

Hahaha!
Die deutschen Fürsten, Herzog Bournonville,
Die schlägt Türenne mit seinem Augenstrahl!
Belagert werdet Ihr und ausgehungert,
Dann in des Siegers blutbefleckter Faust
Wächst keine Gnade mehr!

Schott.

Wir sind verloren.
Elend des deutschen Reiches!

(Dominikus Dietrich liest das Schreiben, das der Kurier gebracht hatte.)

Dietrich.

Ah!

Schott.

Was ist?

Dietrich.

Du sagtest Recht, Franziskus, auf die Wälle!
Wir halten Stand! Der Hohenzoller kommt!!
Hier nehmt das Blatt und lest's dem Volke vor.
Kurfürst von Brandenburg, Friederikus Wilhelm }
Mit dreißigtausend Mann bei Schweinfurt steht er,
Der deutsche Held, der deutsche Grenze schützt!

Schott.

Der Hohenzoller kommt!

Das Volk.

Der Hohenzoller!

(Ein Kanonenschuß fällt.)

Bischof.

Die weiße Fahne hißt!

Dietrich.

Die rote Fahne!!
Straßburgs uraltes Schlachtenbanner! (Bischof ab.) Resident,
Nehmt Eur Pässe und verlaßt die Stadt,
Wir stellen uns zum Krieg!!

Frischmann. (drohend.)

's ist gut! (ab.)

Volk.

Zum Krieg!

Dietrich.

Jetzt Männer denkt der Freiheit, stählt die Herzen!
Wer fällt im Kampf, der wisse stolz zu sterben!
Hoch über uns strahlt Straßburgs Herrlichkeit!

(Ende des I. Vorganges.)

II. Vorgang.

---

1. Auftritt.

Prinz von Braunschweig. Graf von Nassau.

(Treten auf.)

Prinz v. Braunschweig.

Ich hab ihm heimgeleuchtet, gründlich, glaubts.

Graf v. Nassau.

Braunschweig, das war gescheit, sagt an, was gab's?

Prinz v. Braunschweig.

Harmlos durchs Lager ritt ich eben hin;
Vergessen war auf flüchtige Stund' der Zorn,
Daß dieser Herzog, der sich Feldherr nennt
Und kaiserlicher Generalissimus,
Uns deutsche Fürsten, zweiundzwanzig Herrn,
Zu kommandiren glaubt.

Graf v. Nassau.

        Der Abenteurer,
Der spanische!

Prinz v. Braunschweig.

        Na, kurz, ich war fidel,
Und freute mich an bunter Lagerlust,
An dem Geklirr der Würfel, am Gesang,
An meinen Kerls, die schrieen: Vivat Haus Braunschweig.
Da wird ein Arrestant vorbeigeführt,
Und weil ich gnädig bin gesinnt, so wink' ich.
„Wer hat Arrest Dir zudiktirt, mein Sohn?"
Zwar bin ich neunzehn erst, schad't aber nichts,
Ich nenne Jeden Sohn, es macht sich besser,
Und auch die Kerle hören's gern.

Graf v. Naſſau.

Na alſo,
Wer hat dem Sohn Arreſt diktirt?

Prinz v. Braunſchweig.

Der Herzog,
Herr Bournonville, der Generaliſſimus,
Der Oeſterreicher! Einem meiner Kerls!
Was ſagt Ihr?

Graf v. Naſſau.

Himmelherrgottſakrament,
Das ſage ich.

Prinz v. Braunſchweig.

Nicht wahr? das ſag ich auch.

Graf v. Naſſau.

Nun, und die Urſach?

Prinz v. Braunſchweig.

Urſach? Prügelei
Mit 'nem Kroaten um 'ne Schenkendirn'.
Die mocht' den ſchnabelnäſigen Halunk'
Wohl nicht, mein langer Blonder war ihr lieber.
Da kommt der Herzog juſt vorbei, ein Daniel
Und Salomo, der ſo den Streit kurz ſchlichtet:
Der in Arreſt, doch der Kroat bleibt frei,
Und obendrein ſpricht er die Dirn' ihm zu.
Noch obendrein die Dirn! Die Thränen ſtanden
Dem Kerl im Aug. Da runzle ich die Brauen
Und blickte ſtrenge, ſo: „Hat Dich der Herzog
Geſprochen in Arreſt, ich ſprech' Dich frei;
Hat der die Dirn, ſo biſt Du Korporal,
Und ein Faß Wein für die Kam'raden heut."
Da gab's ein Jauchzen aber, Vivat Braunſchweig,
So klang's durch's Lager hin.

Graf v. Naſſau.

Famos, famos.
Was der ſich denkt? Heut Morgen ſchickt er mir
'ne Ordre zu: Zu viel geplündert hätte
Die Reiterei. „Geplündert", fouragirt,
Ein Bischen, ja.

Prinz v. Braunschweig.

Ein bißchen viel.

Graf v. Naffau.

Was, viel,
Krieg nährt den Krieg, ich weiß was Mode ist,
Ich kenn's vom dreißigjährigen noch; man lebt
Doch gern splendid, sonst pfeif ich auf den Krieg.
Von dem ist's nur die Angst, es blieb' nichts übrig
Für seine Tasche; vierzig Dörfer hat er
Rings mit Beschlag gelegt, allein für sich,
Hungriger Wolf, der nichts dem Andern gönnt.

Prinz v. Braunschweig.

Dem andern Wolf. Herr Vetter nehmt's nicht krumm,
Es sprang so von der Zung'. Wer Lust hat tafelt,
Reich steht der Tisch gedeckt: doch, unter uns,
Ihr sitzt sehr lang bei Tisch, Straßburg beschwert sich.

Graf v. Naffau.

Beschwert sich? Ho, war ich der Retter nicht?
Das ist die Dankbarkeit! Wenn meine Reiter
Nicht die Franzosen hätten fortgepeitscht
Vor Straßburgs Wall mit blutigen Säbelhieben,
So läg' Türenne jetzt hier, der ließe ihnen
Das Hemd nicht auf dem Leib, ich aber lass' es.

Prinz v. Braunschweig.

Ja, das ist wahr, das Hemd, das laßt Ihr ihnen.
Kein Bürger lebt in Straßburg ohne Hemd,
Das er dem Grafen Naffau nicht verdankt.

Graf v. Naffau.

Herr Prinz von Braunschweig!

Prinz v. Braunschweig.

Geht, ich scherz' ja nur.
Reicht Eure Hand! 's ist eine große Hand.

Graf v. Naffau.

Und eine stählerne! Ist sie Euch teurer nicht,
Als unsers Herzogs Feldherrngenius?

Prinz v. Braunschweig.

Naffau, bei Gott, das ist sie. Dieser Genius,
Der stets sich schlagen läßt! Ein saubrer Feldherr,
Der niemals Hilfe bringt, der stets zu spät kommt!
Bei Enzheim mußt ich kosten seine Kunst,
Die blutige Schlappe ward nur ihm verdankt.
Was? Als wir Straßburg hatten, und Türenne
Sich flüchtete, warum denn setzten wir
Bei Straßburg uns nicht fest, erwarteten
Den Kurfürst Brandenburgs? Statt dessen, nein,
Wird kreuz und quer gezogen, Kraft verzettelt
Und weit sich ausgebreitet, bis Türenne
Mit scharfem Satz uns an die Gurgel springt.
Und doch, fast ward uns Sieg. Wie Eisen standen
Die Regimenter Braunschweigs in dem Drang,
Wir warfen den Franzosensturm zurück,
Und hätte Oesterreich Hilfe uns gesandt,
So hatten wir die Schlacht. Statt dessen — pah,
Nichts mehr davon: ich bin ja noch zu jung!
Du Strategie der Ohnmacht, halfen sie,
Die superklugen Märsche, feingetüftelt?
Nun mußten wir nach Straßburg doch zurück,
Mit Brandenburg uns zu vereinigen.
Das konnte billiger gescheh'n!

Graf v. Naffau.

    Wenn man Euch hört,
In Eurem Alter, höchst erstaunlich ist's.

Prinz v. Braunschweig.

Ich hab's Talent. Und ducken muß man sich.

Graf v. Naffau.

Vor dieser neugebackenen Herzogshoheit.
Stell' ich auch selbst kein Heer ins Feld, ich bin
Doch souverän, mein Ahn war Kaiser einst.

Prinz v. Braunschweig.

Ein bischen lang schon her, ein halb Jahrtausend,
Schad't aber nichts.

Graf v. Naffau.

    So lang noch nicht.

2. Auftritt.

Die Vorigen. Friedrich v. d. Pfalz.

Friedrich v. d. Pfalz.

Ah, Prinz,
Hört auf ein Wort. Die besten Ställe Straßburgs
Nimmt Braunschweig ein, und Reiterei der Pfalz,
Die halb zu Haus hier ist, wischt sich den Mund?
Dös ging mir ab.

Graf v. Nassau.

Haha, der Nord ist flink.
„Wer kommt, der mahlt zuerst," er legt sich hin,
Der gute Bruder Süd kampier' im Steh'n.

Prinz v. Braunschweig.

Herr Kurfürst, nun, die größte Truppenzahl
Hat Braunschweig aufgestellt, und Euch zu schützen,
Zog ich in Krieg, das fordert Rücksicht, denk' ich.

Friedrich v. d. Pfalz.

Zu schützen, mich?

Prinz v. Braunschweig.

Euch und das Deutsche Reich.

Friedrich v. d. Pfalz.

Daß ich nit lach'! 's ist ein Geschäft für Euch.
'nen tüchtigen Fetzen Landes zu erobern,
Zogt Ihr in Krieg.

Graf v. Nassau. (lacht).

Hat Recht, hat Recht.

Prinz v. Braunschweig.

Und Ihr?

Friedrich v. d. Pfalz.

Ich kämpf', zu retten mein kurpfälzisch Land
Aus der Franzosenfaust.

Graf v. Naſſau. (luſtig.)

Ficht alſo auch nicht
Für's heilige, römiſche Reich.

Friedrich v. d. Pfalz.

Will ich auch nicht!
Zwei Völker ſind wir ewig, Süd und Nord,
Ihr: kalt und klug und nüchtern; (den Hut lüftend) ſchauts
den Süd:
Das Haar iſt ſilberglänzig, jung der Sinn,
Jung, wie der alte Rhein!

————

3. Auftritt.

Die Vorigen. Biſchof.

Biſchof.

Hochedle Herrn,
Ich biete Gott zum Gruß. — Wie feierlich
Iſt heut der Saal geſchmückt, die Farbe Zollerns
Mit friſchem Lorbeer, ah!

Prinz v. Braunſchweig.

Jetzt ſeh' ich's erſt,
Bei Gott.

Graf v. Naſſau.

So ſind nicht wir empfangen.

Biſchof.

Nun,
Dafür iſt er der teure Retter auch,
Der teuren Stadt.

Graf v. Naſſau.

Oho, ich war der Retter.

Biſchof.

Der Rat iſt anderer Meinung. Nur die Kunde,
Der Kurfürſt käm', hab' ihr den Mut geweckt,
Sonſt wär jetzt Frankreich hier. (Lärm.) Hört Ihr das Toben
Des holden Pöbels? Seine Durchlaucht zieht
Siegreich als Sieger ein, noch ohne Schlacht.

Graf v. Naſſau.

Du Pöbeldummheit.

Biſchof. (zum Prinzen.)

Was erregt Euch ſo?

Prinz v. Braunſchweig.

Ich mag nicht Brandenburg!

Biſchof.

Warum?

Prinz v. Braunſchweig.

Weil es
Mein Nachbar iſt. Nachbarn ſind unbequem,
Die Kart' iſt klein, es aber rückt und ſtößt.
Kommt es mir gar zu nah —!

Biſchof.

Prinz, leidet's nie.
(Herzog Bournonville und Oberſt Caprara treten auf.)
Wer in der Welt wär' Freund mit Brandenburg?

Friedrich v. d. Pfalz.

Ich, Biſchof, bin's; der Fürſt hat Südens Blut,
Die Stammburg Hohenzollerns ſteht im Süd.
Hoch mög' es wachſen, wie ein Turm hinauf,
Der zeugt von Südens Kraft.

4. Auftritt.

Die Vorigen. Herzog Bournonville. Oberſt Caprara.

Herzog Bournonville.

Wenn's ihm gelingt!
Herr Kurfürſt, nicht die kluge Politik,
Die ſtark in Angeln trägt Europens Welt,
Sprach eben jetzt aus Euch. Haus Oeſterreich,
Das über Deutſchland hält den Kaiſerfittig,
Iſt manchem unbequem, wir wiſſen's wohl.
Doch wenn die Wahl Ihr hättet, ſoll Berlin,
Soll Wien gebieten —

Friedrich v. d. Pfalz. (verwundert.)

Mir Berlin gebieten?
Der Zollernherr ist hier nur ein Fürst wie ich.

Herzog Bournonville.

Nun wählt einmal.

Friedrich v. d. Pfalz.

So wähl' ich Oesterreich,
Dien' ich dem Kaiser, steig' ich nicht herab;
Wer denkt wohl anders, der als Fürst noch denkt.

Herzog Bournonville.

Dann wünscht auch nicht, daß Zollern wachsen mög'!
Die dreiste Mark, die ländergierige,
Wird zur Gefahr! Ein Riesenkind, so schwillt
Gewaltig sie an Haupt und Gliedern an,
Seit dieser Fürst den Kurhut aufgesetzt;
Er hat verborgenen Ehrgeiz! (bedeutsam.) Noch ist's Zeit!
(Lärm.)

Bischof.

Still, seid bereit. Sie kommen.
(höhnisch.)

Hört die Glocken.

Herzog Bournonville.

Der wahre Feind rückt jetzt in's Lager ein!

———

5. Auftritt.

Die Vorigen. Dominikus Dietrich. Antonius Schott.
Franziskus Reißeißen.

Graf v. Nassau.

Die Herrn von Rat. — Nun, Herr Dominikus,
Die Red' sein einstudirt?

Dietrich.

Sie kommt von Herzen.
(mit einem Blick zum Bischof.)

Wohl dem, der also spricht.

Biſchof. (murmelt.)

Du frecher Bürger!

(Trompetenſtoß.

———

6. Auftritt.

Die Vorigen. Der Kurfürſt. Kurprinz Emil. Gefolge.
Später Courbière mit Refugiés.

Dietrich.

Durchlauchtigſter, gewaltiger Herr, beliebt's,
Nehmt einen Trunk elſäſſer Edelweins,
Den ihrem Retter in Franzoſennot
Die Stadt kredenzt. Aus dem Gejauchz des Volkes
Und aus der Münſterglocken Feſtgeläut
Klingt Straßburgs Ruf: Willkommen Brandenburg!

Kurfürſt.

Dank für den Gruß. Ich geb' ihn Euch zurück,
Die Ihr um Straßburgs Mauern ewig ſchwebt:
Erwin von Steinbachs Geiſt und Gottfrieds Namen,
Der einſt Iſolden ſchrieb. Hell glüh' und leucht'
In Bürgerglanz Straßburg, des Reichs Rubin!
— Fürſtliche Herren, auf Bundsgenoſſenſchaft
Und guten Sieg reicht Eure Hand mir dar.
Da ſteht mein Sohn, der Kurprinz, Karl Emil. —
Hochwürdiger Biſchof, Euer Amt nicht nur,
Auch Euer Alter ſchmückt mit Ehrfurcht Euch.

Biſchof.

Ich ſorg', wie meine Katholiken leben
In Brandenburg, dem proteſtantiſchen.

Kurfürſt.

Glücklich und frei. Der Katholik ſteht mir.
Nicht ferner als der beſte Proteſtant.

(Courbière mit Refugiés tritt auf.)

Courbière.

Erlauchter Fürſt, Frankreichs Vertriebene
Mit ihrem Gott im Herzen flehn Euch an:
Gewährt uns Sitz in Brandenburger Land.

Kurfürst.
Wie viel der Männer seid Ihr?

Courbière.
Ueber Zweitausend,
Mit Weib und Kindern, Herr.

Kurfürst.
Familien, hm.
Wer ficht für seinen Gott, ob der auch kämpft
Für seinen Fürsten tapfer? — Steht denn auf
Als Kinder Brandenburgs! Ihr seid befreit
Von Abgab' jeder Art, zehn Jahre lang,
Und freien Zuzug wirk' ich Euch zur Mark.
Seid Ihr's zufrieden so?

Courbière.
Herr, Dank, Dank, Dank.
Lang leb' und blühe Hohenzollerns Kraft.

Dietrich.
Dem Tag zur Ehr' giebt Straßburg ein Bankett,
Und Brandenburg sei unser Gast.

Kurfürst.
Wohlan,
Doch hütet Euch vor'm brandenburg'schen Durst
Im Becherkampf, denn meine Offiziere —.
— Erlauchte Herrn, zum Kriegsrat nun. — Emil,
Befehl für's Lager: Jedes Regiment
Bezahlt und baar; auf Plünderung steht der Tod.
(Der Kurfürst winkt einem seiner Offiziere und giebt ihm einen leisen Auftrag.
Der Offizier ab.)

Herzog Bournonville.
Obrist Caprara führt das Protokoll.
(Alle ab bis auf den Kurfürsten, Bournonville, Braunschweig, Pfalz, Nassau,
Obrist Caprara.) (Sie nehmen Platz um einen Tisch. Der Kurfürst erhebt
sich zum Reden.)

Kurfürst.
Hochedle, deutsche Herren! Zu gut bekannt
Ist der gewaltige Ehrgeiz jenes Mann's,
Der Frankreichs Krone trägt: Louis quatorze
Und seine feurig brausende Nation,

Die jäh wie Pulver sprüht, nie Ruhe kennt,
Schlingt in Gedanken halb die Welt für sich;
Weit ist der deutsche Gau bedroht, und wieder
Blitzt die Gefahr aus dem Vogesenwald,
Dem ewigen Wetterloch! Ein End zu machen
Der Deutschen Not, das sei das Ziel des Kriegs!
Zum Plan des Kriegs gebt jetzt die Meinung mir.

Herzog Bournonville.

Mein Plan ist der: Vorerst noch keinen Plan.
Schon ist's Oktober; die Armee bezieht
Winterquartier, und wenn die Märzensonne
Die Wege günstig hat geöffnet, dann,
Dann werden wir ja weiter sehn. Bis dahin
Ruh und Geduld.

Graf v. Nassau.

Stimm bei, Winterquartier.

Friedrich v. d. Pfalz.

Am Besten ist's.

Prinz v. Braunschweig.

So stimm' auch ich.

Kurfürst.

Ich nicht.
Fern aus der Mark bin ich nicht hermarschirt,
Um Elsaß ausgesogenem Bauernvolk
Gar schwer zur Last zu fall'n; soll ich beschweren,
Will ich's in Feindes Land. Und außerdem,
Noch liegt der Würfel günstig uns, Türenne
Ist stark geschwächt durch Enzheims harten Sieg
Und steht in Minderzahl. Wir greifen an!
Wir schlagen ihn! Drauf jagen wir sein Heer
Durch den Vogesenpaß bei Zabern jäh im Sturm,
Eh' er noch Zeit, ihn zu befestigen!
So stehn wir gleich in Frankreich! Graden Wegs
Wird auf Paris marschirt! Der Prinz Condé
Steht hoch in Nord, an Hollands Grenz', bei Mons,
Nur sauer hält er den Oranier ab,
Der tapfer ihn bedrängt. Nun aber muß,
Je mehr wir vorwärts rücken, er zurück,
Sonst wird der Rücken ihm geklopft von uns.

3

So ist Oranien frei! Breit überflutet
Er Frankreichs Norden jetzt, wie wir den Ost,
Und bei Stadt Rheims, auf halbgeteilter Strecke
Vereinigen wir uns, an Zahl gewaltig!
In Frankreichs Herzen schreiben wir den Fried',
Und einen Fried', den's nicht vergessen soll
Jahrhunderte hindurch! Gefesselt wird's!
Wir zapfen ihm das Blut! Ein End' soll sein
Der Deutschen Not!! — Wer Besseres weiß, ich folg' ihm.

Friedrich v. d. Pfalz.
Der Plan, bei Gott, ist kühn. — Grad auf Paris?

Graf v. Nassau.
Geschäft ist Politik. Nennt unsern Vorteil,
Wenn Frankreich blutig sei gestürzt.

Kurfürst.
            Das Reich!

Graf v. Nassau.
Wir haben's ja.

Kurfürst.
                'nen Strohwisch haben wir!
Deutschlands verschollene Herrlichkeit erwach'
Siegreich auf's neu, die weit gefunkelt einst,
Wie Roms Cäsarenglanz! Glückwinkend steht
Der Stern der Stund', Ihr Herrn, verträumt ihn nicht!
(Der Offizier tritt auf und übergiebt dem Kurfürsten, der nach hinten geht, ein
Schreiben, das dieser zu sich steckt.)

Prinz v. Braunschweig. (halblaut.)
Und Zollern Cäsar das vergaß der Herr;
Auch Euer Cäsar, Kurfürst.

Graf v. Nassau.
                Nun, Herr Herzog?

Herzog Bournonville.
Ich schweig', ich wart'!

Prinz v. Braunschweig.
                Wir sind wohl einig.

Friedrich v. d. Pfalz.
Dann —.

Kurfürst. (kommt nach vorn.)
Ihr Herrn, gebt Antwort mir.

Prinz v. Braunschweig.
Wir lehnen ab.
Türenne wird nicht wie ein Tartar besiegt,
So spielend leicht. Zweimal stand ihm das Glück
Zur Seit' schon gegen uns, trotz Minderzahl.

Kurfürst.
Wer fürchtet, ist geschlagen im Voraus.

Prinz v. Braunschweig.
Wer fürchtet?

Kurfürst.
Ihr!

Prinz v. Braunschweig.
Und wenn wir siegen selbst,
Kann Prinz Condé nicht den Oranier schlagen
Und sich vereinen mit Türenne?

Kurfürst.
Kann, kann!
Drum gilt es, schnell zu handeln, eh' er kann;
Ihr sprecht für meinen Plan.

Prinz v. Braunschweig. (zu Nassau.)
Sprecht Ihr, ich stick'!

Graf v. Nassau.
Sehr gut, sehr schön, doch Eins vergaßt Ihr, Herr,
Den Winter, der zwar auf der Kart' nicht steht;
Gefährlich, furchtbar ist der Winterkrieg,
Der Schnee ist kälter als der Sand der Mark.

Kurfürst.
So, in der That. Sagt, habt Ihr sonst noch Gründe,
Als Euer Bischen Schnee?

3*

Graf v. Naffau.

Nun, dann —

Kurfürst.

Ja, „dann"!
Ihr seid ein deutscher Fürst, und schüttelt Euch,
Wenn es um Deutschland geht?! Wär doch mein Wort
Ein Eisenhammer, daß er wach könnt' donnern,
Was in Euch schläft, das Nationalgefühl!!
Herr Friedrich von der Pfalz, sprecht Ihr!

Friedrich v. d. Pfalz.

Ich, ich,
Zum Teufel, hm, wär' halt das Elsaß rein,
Und Kurpfalz nicht mehr Grenz', mir schien's genug.

Kurfürst.

Doch über's Jahr, so Gott und Frankreich will,
Ist Elsaß wieder mal besetzt, nicht wahr,
Und Eure neue Grenz' dazu? Das geht
Dann so gemächlich fort? Ein Damm soll sein!

Prinz v. Braunschweig.

Und wenn ich's thät'! Wenn ich nach Frankreich zög',
Wird Köln und Münster, die mir feindlich sind
Aus alter Zeit, nicht mordend, sengend, brennend
Mein Land anfall'n, zum blutigen Hohne mir
Der kämpft für Deutschlands Ehr'?!

Kurfürst.

Nein, Braunschweig, nie.
Die Scham würd' wach, und reuig einst zur Seit'
Uns würdet Ihr sie sehn, voll heißen Drang,
Den alten Zank zu sühnen. Einst sind wir
Durch Sitte, Sprach, Natur, und Kain ist,
Wer schlägt den Andern tot. Hier, Deutschland wartet.

Friedrich v. d. Pfalz.

Komm', was da mag, es reißt das Herz mich fort,
Kurpfalz schlägt ein in Hohenzollerns Hand!

Kurfürst.

Auf ewig sei's! (zum Prinzen.) Wir wohnen Haus an Haus,
Da giebt's wohl manchmal an der Grenze Streit,
Ich gebe nach.

Ihr wollt?

Prinz v. Braunschweig.

Kurfürst.

Schlagt, Nachbar, ein.

Prinz v. Braunschweig.

Nun, zum Versuch.

Kurfürst.

Herr Generalissimus,
Wißt Ihr wohl auch, was ich in Händen halte?
So bindet Hohenzollern Süd und Nord.
Sprecht Eure Meinung zu dem Kriegsplan jetzt.

Herzog Bournonville.

Oesterreich verwirft den Plan. Ja! Ich, sein Feldherr,
Bin nicht so leicht zu stimmen wie die Herrn;
Denn grad heraus, Herr Kurfürst, daß ich's sag',
Mit Bundsgenossen, deren Lieb' und Haß
Schwankt hin und her wie eines Mädchens Locke,
Bricht man nicht ein in Galliens starkes Reich.
Das wär' gefährlich wohl. Haus Oesterreich
Hat deutsche Treu schon einmal kosten müssen,
Als deutsche Fürsten Schweden, Dänemark
Und Frankreich riefen in das römische Reich,
Und gegen wen? Frech gegen Oesterreichs Kaiser,
Der auch ihr Kaiser war. Die deutsche Treu!

Kurfürst.

Das war ein Glaubenskrieg, furchtbar gespalten
Durch's Losungswort: Römisch und lutherisch,
Hier sind wir national.

Herzog Bournonville.

Bis morgen früh.

Kurfürst.

Glaubt Ihr an Ehr' und freies Fürstenwort?
Der Hohenzoller giebt's. Denkt des Erfolgs!
Mit Oesterreich in Bundsgenossenschaft
Fest Tritt an Tritt, so stürmen wir die Welt!
— Wie, oder wollt Ihr nicht, grad weil Ihr glaubt
An den Erfolg?

Herzog Bournonville.

Es könnt' schon sein.

Kurfürst.

Ich warn' Euch!

Herzog Bournonville.

Vor wem?!

Kurfürst.

Vor mir! Herr Herzog, hütet Euch!!

Herzog Bournonville.

Ja, weg die Mask'! Frank aus der Kehle jetzt:
Wir wollen nicht, daß an der Spree sich heb'
Ein neu' Vandalenreich! Die kecke Mark
Hab' keinen Sitz im Rat der Völker je!
Wir schneiden ihr die Klau! Wir wollen's nicht!
Das ist der Grund! Wollt Ihr noch mehr Gründe?

Kurfürst.

Wer will es nicht?

Herzog Bournonville.

Haus Oesterreich will es nicht!

Kurfürst.

Das war gelogen, Herzog! Treugesinnt
Ist mir des Kaisers Majestät, doch Ihr,
Das Jesuitenvolk, an Eurer Spitze
Herr Pater Lobkowitz, der giftige Fuchs,
Ihr wollt es nicht! Schon einmal habt Ihr mir
Die Frucht des Siegs schimpfirt, im Fried' zu Vossem;
Eh's wiederum geschieht, brech' ich den Nacken
Euch schwarzgerocktem Volk! Denn wachsen will ich,

Ja, mächtig, eine Eiche, breitgeästet,
Ihr sollt's nicht hindern!! Die Armee bricht auf!!

Herzog Bournonville.

Das wird sie nicht! Noch bin ich Oberfeldherr!

Kurfürst. (greift das Papier hervor.)

Ihr seib's nicht mehr! Da ist des Kaisers Siegel,
Der Generalissimus des Heers steht hier!
Ich sah mich vor! — Ob Ihr gehorcht?!

Herzog Bournonville. (nach einer Weile vernichtet.)

— Gehorch!

Kurfürst.

Die nächste Woch' geht's vorwärts. Bis dahin
Stellt Alles fertig und bereit zum Marsch!
Ihr habt die Vorhut, Herzog! Kommt, Ihr Herrn.

(Der Kurfürst mit den deutschen Fürsten ab.)

Herzog Bournonville. (zu Caprara)

Du hast's gehört. Zur Hofburg reit' nach Wien,
Reit' zu, als ob es brennt! Die Gegenordre
Schaff mir von Lobkowitz! Es darf nicht sein!

————

(Ende des II. Vorganges.)

III. Vorgang.

(Französisches Lager. — Nacht. — Türenne vor seinem Zelte am
Wachtfeuer. — Frischmann steht vor ihm.)

Türenne.

Ihr seid ein Deutscher?

Frischmann.

         Mit dem Herzen nicht,
Franzose bin ich, schafft das Herz den Mann.

Türenne.

Gebt mir die Hand. Ich kenn' Euch von Paris.
Ihr war't am Königshof.

Frischmann.

         Dort zog't Ihr mich
In eine Fensternische und enthülltet
Die hohen Weltgedanken Eures Herrn,
Der Königlichen Majestät von Frankreich,
Die herrschen will, wie einst der große Karl:
Die beiden Riesenvölker einzujochen
Frankreich, Germanien unter einem Scepter,
Und Straßburgs Bollwerk müss' zuerst hinstürzen,
Das sei der Schlüssel zu dem deutschen Haus.
Nichts hab' ich, Herr, vergessen, treu bewahrt
Tief in der Brust ein jegliches der Worte,
Die hoch und feurig mir das Herz bewegten:
Sonst stünd' ich heut nicht hier.

Türenne.

         Und dieses da,
Das brachtet Ihr?

Frischmann.

         Den Kriegsplan Brandenburgs.

Türenne. (studiert beim Schein des Wachtfeuers.)

Sehr schlau, sehr kühn, sehr witzig ausgedacht.
— Was? Gradewegs auf Paris? Ins Herz von Frankreich?
Schon der Gedanke peitscht das Blut mir auf!
— Sehr saubre Arbeit. — Wie? Mich schlagen? Mich?
Mich, den Türenne? — Wer hat Euch das verschafft?!

Frischmann. (nach einer Pause, ausweichend.)

Frankreich hat viele Freunde insgeheim,
Deutschland besitzt nur Feinde.

Türenne.

Reizt's mich doch,
Die Feldschlacht ihm zu bieten, die er wünscht,
Dem Herrn Marquis von Brandenburg.

Frischmann.

Wagt's nicht,
Herr, wartet noch, schiebt die Entscheidung auf,
Bis daß die Ordre ist aus Wien gekommen,
Die ihm die Hoheit übers Heer soll nehmen
Und 29 kleine Feldherrn schafft.
Dann ist der Haß, die Eifersucht der Herr,
Gefesselt wird des Fürsten Kriegsgenie
Durch tausend Spinngewebe —

Türenne.

Bis er doch
Die Bärentatze grimmig losgerüttelt.
Wer weiß, wie grad' die Schachpartie dann steht.
— Zwar — schlagen jetzt — schlimm ist die Uebermacht,
Und Frankreichs Weltenherrschaft ist der Einsatz.
Wär Braunschweig weg! Die achtzehntausend Mann
Bedrücken mich.

Frischmann.

Schickt Münsterland und Köln
Ihm auf den Hals! Zwei blutige Feinde sinds
Aus alten Zeiten her; wenn Frankreich zahlt
Die Kriegsrüstung, stürzen sie, zwei Doggen,
Aufs Land des Prinzen sich, er muß zurück,
Muß hoch im Nord sich mit den Nachbarn balgen,
Ihr atmet auf.

Türenne.

Ein weiser Rat, als ob
Der Deutsche bräche in des Deutschen Haus,
Wenn dieser, fern, das Reich zu retten, ficht.
Das Wörtchen „Vaterland" löscht jeden Haß.
— Was soll das Lachen?

Frischmann.

Herr, verzeiht, ich lach'!
Ihr kennt den Deutschen nicht, ich kenn ihn besser.
Er hat kein Vaterland! Ein Vaterländchen,
Ja, das besitzt er; wo der Schlagbaum steht,
Der ihm die Grenz' sperrt, hört die Lieb auch auf,
Und Haß fängt an. Ich sag' Euch, Wasser und Feuer
Haßt sich nicht so, wie Deutscher Deutsche haßt.
Zwei Doggen, Herr, und wutgeschäumten Rachens
Wird Köln und Münster sich auf Braunschweig werfen,
(mit einer Bewegung des Geldzählens.)
Wenn Frankreich nur das Halsband ihnen löst.

Türenne.

Wahr wär' es wirklich? — (Frischmann musternd.)

Ja! Ich seh's an Euch.
Das sind die Sterbezeichen eines Volks;
Der Ekel packt mich! Ihr seid reif zum Schneiden,
Und Frankreichs Degen wird die Sense sein;
Wir mähen Euch! Gleich schreib ich nach Paris.
Kommt in mein Zelt. — Was steht Ihr finster da?

Frischmann.

Nichts, Herr, o, nichts. — Wär' ich Franzose doch!
Weg schleudre ich hier den letzten Blutestropfen,
Der deutsch noch in mir ist! — Herr seid nicht halb,
Gedenkt auch Brandenburgs! Der Schwede steht
Scharf auf der Lauer an der Grenz' der Mark,
Doch Geld fehlt ihm; wird ihm nur Geld verschafft,
Bricht er wie Hagelwetter in die Mark,
Und auch der Kurfürst muß zurück! Und dann —

Türenne.

Dann hab' ich, Straßburg, Dich! Nie kommst Du los!
In meine Dienste nehm' ich Euch fortan;
Zum deutschen Heer reist Ihr als Unterhändler,

Für Waffenstillstand, scheinbar. Spionirt,
Zieht's in die Läng', hängt Euch an Bournonville.
Hier tretet ein. (Frischmann ab ins Zelt.)
                          Ja, Ihr seid Sterbende!
Wie herrlich steht ein Volk, das einig ist!
Wir sind geschweißt, geschmiedet, fest gehämmert
In einen einzigen Stahl: Du, Frankreich blühst! (ab.)

———————

(Ende des III. Vorganges.)

IV. Vorgang.

---

1. Auftritt.

Marquise Marguerite.

Marguerite.

So still und finster? Komm, ich les Dir vor
Den lachenden Molière. — Boccaccio?
— Den tragischen Racine? — He?

Marquise.

Bücher, Bücher
Und nichts als Bücher.

Marguerite.

Ach, erzählen soll ich
Dem trotzigen Vögelchen. Ein holdes Märlein etwa
Vom braven Kinde? — Puh, die Falt' ist schlimm.
Weg, weg, Du kommst zu früh um dreißig Jahr'.
Da ist sie wieder schon. — Was willst Du denn?

Marquise.

Das kannst Du fragen? Hab' ich Blei statt Blut?
Mein Haar ist schwarz und nicht, wie Deins, schneeweiß.
Das Leben will ich! Durstig, hungrig bin ich;
Hier eß ich Bücherstaub.

Marguerite.

Paris, Paris!
Paris ist weit. Straßburg ist nicht Paris,
Hier ist kein Königshof, wo man sich dreh'n
Und spiegeln kann in tausend Tänzer Augen.
Ich hab's gewußt, das Heimweh reist uns nach.
Ich geh' die Koffer packen.

Marquise.

Bleib', sag' ich.
Das seidene Paris, das schwächliche,
Die goldne Puppenstube! Eher möcht' ich
Gras mäh'n und Kühe melken, als mein Leben
Hingaukeln wie dies Puppendrahtgeschlecht,
So feig wie schwach: Das kennt nur Mückenschmerzen
Und Mückenseligkeit. — Ach! Eine Leere
Fühl' ich im Herz, die unaussprechlich ist.
Ich sah ein Bild, da starrt am Meeresstrand
Einsam zur Ferne ein Gescheiterter,
Der wartet auf ein Segel. So bin ich:
Ich warte, warte, doch ich wart' umsonst.

Marguerite.

Worauf denn wartest Du?

Marquise.

— — Ich weiß es nicht.

Marguerite.

So, so. Versteh'. — (boshaft.) Quält Dich so arg die Reu'?
Jetzt ist der wackere Vicomte vermählt.

Marquise.

Was denkst Du von mir? Widerlich ist mir
Das enge Stubenglück, das dumpfig riecht
Wie schlechte Luft. Eh' ich nach dem mich sehne,
Muß mir der Geist wie Wachs geknetet sein
Und umgeformt. Ja, sterben wollt' ich lieber
Jung, in der Jahre Blüte, als zu kriechen
Im Staube des Alltäglichen dahin
Und in des Werktags Gemeinheit. Anders
Bin ich geartet, als die Anderen Alle,
Drum steh' ich einsam; warum nicht auch hoch?
Warum, Natur, nicht eine breite Krone
Statt des ohnmächtigen Adelsreifes? Herrschen!
Zertreten können, was man haßt, und mehr,
Zernichten dürfen, was man zärtlich liebt,
So mit 'nem Griff, das wäre Seligkeit!

Marguerite.

Du trägst die Krone ja. Sieh Dich im Spiegel.
Siehst Du sie nicht?

Marquise.

Mich dünkt, ich seh' sie — ja!
Die Schönheit ist's! Und brauchen will ich sie
Wie eine Waffe, schneidender als Stahl!
Gebt mir ein Ziel, ein Ziel! Dies Bettlerdasein,
Zu schlafen und zu träumen. Thuen, thun,
Nur das ist Leben! Warum hock' ich denn
In Straßburg hier, wo jede Gasse klirrt
Vom Lärm des Kriegs, wo Alles thatenträchtig,
Wenn ich allein verdammt zum Träumen bin,
Dem ewigen Weiberloos? Dann lieber fort
In stille Ruh', wo man nichts hört, nichts sieht
Und glauben mag, die Erde sei ein Sarg!

Marguerite.

So höre nur.

Marquise.

Laß mich.

Marguerite.

Hör' mich doch an.
Wir haben Dir das Horoscop gestellt:
Zu großen Dingen bist Du auserseh'n,
Und eine That ist Dir bestimmt zu thu'n.
Doch seltsam war des Astrologen Spruch,
So wunderlich, so dunkel.

Marquise.

Sag' ihn mir!

Marguerite.

„Du wirst den Leu'n einschläfern, aber nur,
Damit der Leu' erwach'." — Verstehst Du das?

Marquise.

Das geht auf Straßburg — nein — der Leu? — wer ist's?

Marguerite.

Herzog von Bournonville?

Marquise.

Mein Oheim? (lacht auf.) Ha,
Er trägt die Löwenhaut, doch unter ihr
Da wittre ich zwei lange Eselsohren.
Er haßt die Brandenburger und das Reich;
Warum denn kämpft er für sie? Weil er glaubt,
Er wäre deutsch! Sein Blut ist so vermengt,
Daß er auch Spanier sein könnt' und Franzos;
Drum weiß er nie, auf welcher Seit' er steht,
Er tastet, tänzelt, schwankt und balanziert,
Seiltänzer der! Ich bin wie ein Gefäß
Hoch angefüllt mit unvermischtem Wein:
Für Frankreichs Ehre Alles bis zum Tod,
Und den mit eingerechnet!

Marguerite.

Nicht so laut!
— Jetzt weiß ich, wer gemeint: Der Kurprinz ist's.

Marquise.

Dem soll die Kraft erst wachsen. Bis dahin
Schirmt ihn des Alten Fittig. Zählt nicht mit.
Ja, wenn der zählte!

(Lakaien öffnen die Thür im Hintergrunde.)

Marguerite.

Nun, wer kommt uns?

Marquise.

Wenn!

2. Auftritt.

Die Vorigen. Frischmann.

Frischmann.

Marquisin, schnell, im Fluge sprech ich vor,
Schenkt zwei Minuten, bitt' ich, mir Gehör,
Hochwichtig dringende Geschäfte sind's:
Ich muß allein Euch sprechen.

Marquise.

Alte, geh.

Marguerite. verneigt sich.

Herr Resident. ab.

Marquise.

Ihr seid erregt. Was ist's?

Frischmann.

Marquisin, eh' Ihr hört, gedenket dran,
Daß uns verbindet eng ein köstlich Band,
Das Frankreich heißt. Scheint meine Frage kühn,
Zu kühn vielleicht, vergeßt nicht: Frankreich fragt
Und Frankreich's Kriegesvorteil.

Marquise.

Fragt nur kühn,
Nur nackt heraus.

Frischmann.

Wie steht der Prinz mit Euch?

Marquise.

Prinz? Welcher Prinz?

Frischmann.

Nun, Kurprinz Carl Emil.

Marquise.

Wie wir uns stehn?

Frischmann.

Ja.

Marquise.

Gar nicht.

Frischmann.

Gar nicht?

Marquise.

Nein.

Frischmann.

Und sein Besuch?

Marquise.

Zum Schach.

Frischmann.

Ihr setzt ihn matt?

Marquise.

(sieht ihn einen Augenblick an und lacht hell auf. Dann erhebt sie sich achselzuckend.)

Ein halber Knabe, dem der Bart kaum sprießt.

Frischmann.

Im Ernste! Nichts?

Marquise.

Nichts, gar nichts, nicht so viel.

Frischmann. (springt auf.)

So ist der Plan zernichtet, den ich sann.
In Euren Händen war er! Diese Beute,
Die kostbare habt Ihr entwischen lassen?
Hat Euch denn nie die Stimme zugeflüstert:
„Hier ist ein Wild, das nicht entrinnen darf."

Marquise. (kühl.)

Nennt mir den Zweck. Blos weil er Prinz ist? Pah!
Ich hätt's versucht, ja, wenn er mündig stünd',
Wie eine Zahl, mit der man rechnen kann.
Fünf Jahre später spiel' ich wieder Schach.
Noch ist er nicht der Thäter seiner That,
Hängt an des Vaters Degengurt geklammert,
Als wär's die Mutterschürze. Null ist er.

Frischmann.

Der Kurfürst aber schrieb die Eins davor,
Jetzt gilt er zehn! Denn ein Kommando hat er
Seit diesen Morgen, ein gefährliches,
Bedeutsam ernst: Nach Türkheim bricht er auf
Mit den Dragonern; Herzog Bournonville
Begleitet ihn mit seinem Corps. Nun denkt:
Weit ab vom Heere steh'n sie Graf Türenne
Hart an der Brust, dem großen Feldherrnmeister.
Der Kurfürst wagt! Die Feuerprobe wird's,
Ob er den Kriegsgenius besitzt.

4

Wenn wir ihn jetzt an einem seid'nen Haar
Gefesselt hielten, einem Weiberhaar,
Wir stürzten ihn in Frankreich's Bajonnet!
Denn Lieb ist blind, und Jugend schäumt das Blut!

Marquise. entschlossen.

Wann rückt er ab?

Frischmann.

Die nächste Stund' schon.

Marquise.

Geht.

Geht, sag' ich, geht; er darf den Unterhändler
Von Graf Türenne in meinem Haus nicht treffen.
Er bringt mir sicher doch den Abschiedsgruß.

Frischmann.

Was wollt Ihr thun?

Marquise.

Ich reiß' ihn an mich! Ja,
Ich will's, ich thu's!

Frischmann.

Zu spät! Nur eine Stund'!

Marquise. (reckt sich siegesgewiß hoch auf.)

Glaubt Ihr an mich nicht?!

Frischmann. (hat sie erstaunt betrachtet.)

— Ja! (küßt ihr die Hand und flüstert:) Der Glückliche! (ab.)

Marquise. (allein.)

Nun Aphrodite, Kaiserin des Trugs,
Du Mörderin der Männer, hilf mir jetzt!
In einem Kriege, der unsterblich ist,
Stehn Mann und Weib, da giebt es Gnade nicht,
Sieg oder Sturz nur, Herrschaft ist der Preis!
Hoch durch Natur geheiligt ist der Kampf,
Sie hat die Waffenrüstung uns verlieh'n,
Die strahlende, und Schimpf ist das Erbarmen!
— — Der junge Bursch! — Wie? Ist er nicht der Feind,
Der tötliche von meines Frankreichs Glanz?

Würgt nicht sein Ehrgeiz, hungrig jetzt erwacht,
Schon in Gedanken meines Volkes Heer,
Erstürmt sein Lager und bedecket hoch
Bis an die Stirn mit blutigem Ruhme sich?
Ja, Du träumst schön! Denn seligste der Wonnen
Bleibt die Vernichtungswonne! (lauscht.) Da!

(sie eilt zum Fenster, grüßt hinunter, dann steht sie vor dem Spiegel.
Leise, lächelnd:)

Er kommt!

— · —

3. Auftritt.

Die Vorige. Kurprinz Karl Emil.

Kurprinz. (haftig.)

Schenkt Euren Glückwunsch, Frau Marquisin mir,
Ich reite ab von Straßburg, lebet wohl.

Marquise.

So strahlend, freudig sagt Ihr Lebewohl?
Das ist nicht liebenswürdig, Prinz.

Kurprinz.

Verzeiht,
Doch eine Wonne glüht mir in der Brust,
Die sich wie Feuer nicht verbergen läßt;
Denn ein Kommando hab' ich! Die Dragoner
Führ' ich nach Türkheim, an den Feind wird's gehn,
Selbstständig führ' ich an, zum ersten Mal.
Ein Mädchen, das zum ersten Ball sich schmückt,
Nun, das versteht Ihr; warum nicht auch mich?
Drum gebt ein Wort, ein gütiges mir mit.

Marquise.

Französin bin ich und ich sollt' Euch hassen,
Das wißt Ihr doch?

Kurprinz.

Französin von Geburt
Nicht mit dem Herzen. Selbst gestandet Ihr's,
Daß Ihr darum auch Stadt Paris verlassen
Und in den Schutz Euch Eures Ohms begeben
Nach Straßburg hier. Nein, nein, es hilft Euch nichts,
Ich reit' nicht ab, eh' Ihr den Glückwunsch gebt.

4*

Marquise.

Nun denn, so nehmt ihn. — Ob er Glück auch bringt?

Kurprinz.

Wünscht nur das Glück, erobern will ich's schon.

Marquise.

Nehmt meinen Gruß auch mit.

Kurprinz.

An wen?

Marquise.

An sie.

— Prinz, Ihr errötet ja.

Kurprinz.

Ihr kennt die Gräfin?

Marquise. (lacht.)

Wie er sich selbst verrät. Ob ich sie kenn'?
Vor einem Mond erst suchte die Komteß
Den Grafen Türkheim, ihren Vater auf
In Straßburgs Lager hier, die Sage ging,
Daß sie ein Herz, ein prinzliches gefangen.
Seht mir in's Aug: Ihr sehnt nach Türkheim Euch.

Kurprinz.

Marquisin, ja, die Sehnsucht fliegt voraus!
So rein, so schön ist keine, die ich sah!
Noch darf ich reden jetzt, noch bin ich fern,
Doch schweigen muß ich, wenn ich vor ihr steh'.
Kann je ein Kurprinz seinem Herzen folgen.
Ich steh zu hoch, sie blüht zu tief im Thal.
Entsagung ist der Großen ewiges Loos!

Marquise.

Entsagung? Wie? Darf dieser Wüstenstrauch,
Der aschenfarbne, denn um Throne wachsen?
Machtvoll als Kurfürst sieht Euch einst die Welt;
Prinz, Herrscher sein! Begreift in seiner Tiefe
Des Zauberwortes magische Gewalt:
Der Schlüssel ist es, der die Kammer öffnet
Zu allen Wonneschätzen der Natur.

Begehrt nur! Wollt! Ein Fürst darf, was er will!
Des Reichtums feurig diamantner Strahl,
Dies Märchenglück der Menschen=Millionen,
Blaßt vor dem Glanz der Herrschermajestät!
Denn Alles ist ja Euer! Bauernfleiß,
Des Krämers Habgier, des Gelehrten Kunst,
Jedwede Kraft, der Menschen Herz und Hirn
Sind Dienerinnen Eurer Lust allein!
Und sie, die sonst so strenge sich verschließt,
Zu Euren Füßen sehnend liegt sie da,
Der Frauenschönheit Alabasterreiz!
Weit ab vom Schicksal des Alltäglichen
Seid Ihr gesetzt an einen Göttertisch,
Glück oder Tod verschenkend, wie Ihr wollt,
Genießen könnt Ihr, bis Ihr satt genossen!
— Prinz, warum schweigt ihr? Redet.

Kurprinz.

Und mein Volk?
Was bin denn ich, wenn ich dem Leib nur lebe,
Dem sterblich kümmerlichen? Totenschädel
Wird auch des Fürsten Haupt. Von Throneshöh,
Der hochgetürmt ragt wie in Ätherluft,
Darf nie Begierde Fürsten niederzerren
Hinab zum Schwarm, zur großen Jahrmarktsmesse.
Sonst hat sie Zufall blöd und blind erhöht,
Nicht Herrscherwille des Unsterblichen,
Der ewig seine Krone trägt; sie sind
Der Zufallslaune thörichte Geburten,
Und Zufall stürzt sie auch. Wir aber schreiben
Von Gottes Gnaden uns! Nur Gottes Zorn,
Nicht menschlicher kann uns den Thron zerschlagen,
Den Gott uns gab! Wer mächtig ist gestellt,
Muß wachsen können über sich hinaus,
Weit von der Erde Freuden! Priester ist er,
Werkzeug des Himmels, heiliges Gefäß,
Des Weltenwillens Unantastbarer!
Drum rein gewettert soll das Herz ihm sein.
Von feiger Erdenschwachheit, hart gepanzert,
(nach Oben deutend.)
Des Königs würdig, der den Schild ihm hält!

Marquise.

Und wenn's so ist, wenn der Entsagung Flor
Die Pracht der Krone schwärzt — noch seid Ihr frei,

Dem Hengste gleich, der auf der Weide stampft!
Prinz lebt, genießt! So herrlich ist die Welt,
So wunderschön, ein bunter Märchengarten,
Des süßen Glückes voll, wo Seligkeit,
Ambrosische von tausend Ästen lockt!
Genuß ist gottgeheiligt, Sünde nennt
Sich der Entsagung mönchische Geberde,
Die Gott nicht will, feind ist sie der Natur!
Ist Schöpferlob nicht des Geschöpfes Wonne?
Sein Wonneschrei nicht brünstigstes Gebet?
Gott ist der Wirt, und göttlich auch das Mahl!
Wenn erst erlosch der Jugend Feuerauge,
Starrt kahl die Welt, grau, düster, ein Gebirg,
Von keiner Sonne schmeichelhaft erwärmt!
Prinz, Liebe, die uralte Melodie,
Das Hohelied der Schöpfungsarie.
Schweigt geizig, feindlich vor des Alters Ohr!
Jetzt blüht noch, Prinz, des Lebens holder Mond,
Der Mai der Jahre, öffnet Euer Herz
Und Eure Augen öffnet, daß sie sehn!

(nähert sich ihm.)

Qual hoffnungsloser Liebe, tötlich nicht
Und dennoch schmeckst Du bitterer als Tod!
O Lust des Liebeskusses, göttlich nicht
Und dennoch tauschten wir mit Göttern nicht!
Lernt sehen, sehen Prinz!

Kurprinz. (verwirrt und hingerissen.)

Ich bitt' Euch, schweigt,
Denn Eures Worts erobernde Gewalt
Bricht in mein Herz, als wär's ein Feuerstrom!

Marquise.

Prinz!!

Kurprinz.

Himmel! Wach ich? Oder ist's ein Traum?
Ich bin geliebt!

Marquise.

Geliebt um Eurer selbst!
Wär' ich gestellt als Frankreichs Königin,
Und Ihr ein Landsknecht, seht, ich liebte Euch!
Nun zieht Ihr fort, und einsam steh' ich da,
Zehnfach verlassen, weil mein Herz jetzt sprach.

Ist's männlich, ritterlich? Aus meinem Aug'
Sprüht Euch verheißend Paradieseswonne.
Des Weibes Himmlischstes! Prinz, bleibet bei mir!
Geht nicht, noch nicht! — Laßt Euer Aug' mich küssen,
Das tiefe, wunderbare! — — Sagt mir —!

Kurprinz.

Ich —
Oh, Eures Odems heiße Zärtlichkeit
Wirkt sinnumklammernd, starken Giften gleich
Und lähmt den Willen mir; gebannt bin ich.

Marquise.

Und müßt Ihr fort, wir trennen doch uns nicht,
Ich reis' Euch nach, zu Türkheim trefft Ihr mich;
In Todesnäh', gefahr= und feindumstarrt,
Schmeckt doppelt süß des Lebens Seligkeit!

Kurprinz.

Da! Die Trompete!

Marquise. (lacht.)

Einmal klang sie schon.
Doch Euer Ohr war taub.

Kurprinz.

Schon einmal? Wie?

Marquise.

Prinz, der Trompete schauerlichen Ton
Sollt Ihr noch oft in meinem Arm nicht hören,
Taub mach' ich Euch, und ob der Tod auch bläst!

Kurprinz.

Nach Türkheim wollt Ihr? — Das verbiet' ich Euch!
Gefährlicher als Feldherr Graf Türenne
Droht mir der Feind der eignen, schwachen Brust.
Frei will ich sein! Hört Ihr den Reitermarsch?
Von dem Bezwingen singt er; Thaten! Thaten!
(greift zum Hut.)
Löscht mich aus dem Gedächtnis!

Marquise.

Prinz!

Kurprinz.

Lebt wohl. (ab.)

Marquise. (allein.)

Entwischt! — Verschmäht!! — — Da reiten sie hinaus.
O ritte doch der Tod zur Seite Dir!
Fern Deiner Mark da schaufle er Dir das Grab!
Nimm Dich in Acht! Jetzt, Knabe, haff' ich Dich!

Ende des IV. Vorganges.

— ❖ —

V. Vorgang.

(Zimmer im Schloß zu Türkheim.)

---

1. Auftritt.

Kurprinz Karl Emil. Gräfin Türkheim. Herzog von
Bournonville. Johann Frischmann. (sitzen bei der Abendtafel.)
Ein Offizier. (tritt auf.)

Offizier.

Fürstliche Gnaden, die Gefangenen sind,
Wie Ihr befahlt, fertig zur Auswechslung.

Kurprinz.

Herr Resident —

Johann Frischmann.

Nehmt meines Feldherrn Dank.
Sehr liebenswürdig ist die Eil', Herr Prinz,
In so geringer Sach', doch eilt sie nicht.
Gern blieb' ich noch drei oder vier der Tag'
Als Gast im Lager, bis . . . bis mein Gepäck
Von Schlettstadt eingetroffen.

Kurprinz.

Es traf ein. (zum Offizier.)
Ward es durchsucht?

Offizier.

Durchsucht, und nichts gefunden.

Frischmann.

Wie, mein Gepäck durchsucht? Mißtraut Ihr mir?

Kurprinz.

Mißtrauen nicht, doch auch vertrauen nicht, Herr.
Breit zwischen Mißtrauen und Vertrauen läuft noch
Der gute Weg der Vorsicht, Vorsicht übt' ich,

Vorsicht beleidigt nicht. Mißtrau' ich Euch,
Ihr säßet nicht als Gräfin Türkheims Gast
Auf Türkheims Schloß mit Brandenburg zu Tisch.
Wann wollt Ihr reisen, heut?

Frischmann.

Nun, heut noch nicht.

Kurprinz.

Wohl. (zum Offizier.) Morgen, in der Früh.
(Der Offizier ab.)

Frischmann.

Herr Kurprinz, nun,
Die Eil' ist mehr als Vorsicht, ja, sie trifft
Beleidigend! Ob Frankreichs Abgesandte
Von Brandenburg stets so befördert werden,
Beleidigend schnell?

Kurprinz.

Da Ihr's denn wissen wollt:
Wenn Frankreichs Abgesandte Deutsche sind,
Gewiß!

Frischmann.

Das alte Lied. Nicht höflich grad',
Vor unserer Wirtin Ohr es anzustimmen.
Seht, sie errötet schon.

Gräfin Türkheim.

Erröten? Ich?

Vor wem? Weshalb?

Frischmann.

Vor mir! Steht Euer Vater
In Kolmar nicht beim Heer der Kaiserlichen?
Läßt er nicht wehn sein Banner pflichtvergessen
Für deutsche Sach', Graf Türkheim, der Franzose?

Gräfin Türkheim.

Mein Vater, Herr, ist deutsch!

Frischmann.

Französisch ist er!
Im Fried' zu Münster ward die Landgrafschaft

Des ganzen Oberelsaß, auch Schloß Türkheim,
Der Majestät von Frankreich zugeteilt.

Gräfin Türkheim.

Sind unsre Herzen auch ihm zugeteilt?
Teilt man am grünen Tisch die Herzen aus
Wie Beutestücke? Nein, Herr Resident,
Noch sind wir deutsch, trotz Diplomatenwitz!
Und nennt Ihr pflichtvergessen meinen Vater,
Er wär ja ehrvergessen, kämpft' er nicht
Für Deutschlands Ruhm! Hier steh' ich, seht mich an:
Deutsch meine Sprache, deutsch der Sinn, an Seel und Leib,
Deutsch jeder Nerv! Was soll französisch sein?

Kurprinz.

Kein Tropfe Bluts!

Frischmann. (erhebt sich.)

Wenn Eure Gnad' gestattet,
Empfange ich jetzt mein Gepäck.

Kurprinz.

Es sei. (Johann Frischmann ab.)
O teure Gräfin, Ihr, so schön wie mutig,
Ihr könntet Muster sein so manchem Herrn
Und großem General, der flau nur denkt!

Herzog Bournonville.

Geht das auf mich? Ich denke märkisch nicht,
Deutsch denk ich auch. Der Herr verwechselt das.

Kurprinz.

Ihr dächtet deutsch?

Herzog Bournonville.

Was nennt Ihr deutsches Denken?

Kurprinz.

Sich hinzugeben g a n z dem Vaterland,
Ohn' Hinterhalt, das Hirn ein blanker Spiegel,
Getrübt von keinem Hauch, drin deutsches Land
Das heilige, hellblitzend widerleuchtet.
Steht's bei Euch so? Schwarzdunkel wie die Nacht
Umfinstert Euch Haß gegen Brandenburg!
Ihr könnt den Haß nicht opfern, schwach seid Ihr!

Herzog Bournonville. (bleich.)

Ihr redet offen — sehr! Trüg' ich nun Haß —
Denn Lieb und Haß steht Menschenherzen frei —
Hat er dem ganzen je geschadet?

Kurprinz.

Wie,
Fragt ihr im Ernst? Habt Ihr nicht stets und immer
Die Pläne meines Vaters schlimm gekreuzt?
Nie kam's zum Angriff, denkt an Marlenheim,
Dort saß Türenne schon in der Falle, Ihr
Habt ihn entwischen lassen! Ist's nicht so?

Herzog Bournonville.

Weils eine Falle war für uns gebaut.
Türenne ist listig, Prinz, ich sehe scharf,
Vielleicht wohl schärfer, als so mancher Herr,
Der sich für Cäsar hält. Und außerdem,
Wem bin ich schuldig Rechenschaft? Ich stimm'
So wie ich stimm'! Die kaiserliche Ordre,
Die Gott sei Dank den Kriegsplan umgestürzt,
Den der Herr Kurfürst überkühn gebaut,
Bestimmt ausdrücklich: Jeder deutsche Fürst,
So wie die kaiserlichen Generals,
Besitzen Stimm' im Rat; kein Oberhaupt ist
Im deutschen Heer; nur Repräsentation,
Nur Losung geben ist des Kurfürsts Vorrecht,
Kein Haar breit mehr!

Kurprinz.

Ich weiß, nur leere Form,
Nur windiger Schein! Verflucht sei sie, die Ordre
Die unglückselige!

Herzog Bournonville.

Sie kam vom Kaiser!

Kurprinz.

Der schlimm beraten ist! Verlästert nicht
Die Majestät von Oestreich, daß Ihr sagt,
Sie wär' von ihr gekommen! Jesuiten,
Die haben jene Ordre ausgedacht,
Deutschland zum Schimpf, ohnmächtig soll'n wir bleiben!
(er erhebt sich leidenschaftlich.)

Du Geist des Widerspruchs, vielzüngige,
Verderbenvolle Natter Du! Das Große,
Das schafft der Große nur, auch er kann's nur,
Wenn er allein gebietet! Diese Ordre!
Wie eine Sträflingskugel hemmt sie uns!
So oft es kühn sich zu erheben galt
Mit mächtigem Ansprung zu gewaltigem Ziel,
Lag sie im Weg! Verdammt! Im zweiten Monat
Schon liegen wir im Feld. Was ist geschehn?
Nichts ist geschehn seitdem! Wir warten, warten,
Sieglos im Winterlager steht das Heer;
Aus Angriffskrieg ward ein Verteidigungskrieg!
Schon wehren wir uns mühsam kaum der Haut!
Wer trägt die Schuld? Haus Oestreich trägt die Schuld!

Herzog Bournonville.

Wir? Wär's so ernsthaft nicht, ich müßte lachen.

Kurprinz.

Aus Eurem Lächeln, Herzog lacht der Feind!
Ja, deutscher Größe Feind! Nicht Ehre, Herr,
Ward Euch von Gott in diesem Feldzug drum!
Elend geschlagen seid Ihr bei Mülhausen
Von Graf Türenne, der Euch gejagt im Trab
Mit blutigen Striemen nach Stadt Kolmar hin!

Herzog Bournonville. (erhebt sich zornzitternd.)

Erinnert Ihr mich daran?!

Gräfin Türkheim.

Herrn, brecht ab.
Gnädigster Prinz, ich bitt' Euch, — Herzog schweigt.
(zum Prinzen.)
Sprecht doch von Schönerm, sprecht von Wasselnheim,
Wo das Dragonerregiment im Sturm,
An seiner Spitze Ihr, die Stadt genommen
Im Schneegestöber der Novembernacht;
Und als der Morgen kam, kam auch der Sieg,
Da hattet ihr den Lorber.

Kurprinz.

Nur ein Blättchen.
Wär' man bis heut dem Zollernwort gefolgt,
Wir trügen jetzt wohl einen buschigen Kranz!

Herzog Bournonville.

Oho, oho, was hättet Ihr erreicht?

Kurprinz.

Herr, Alles, ja! Wann kommt Gelegenheit
Siegstrahlend wieder, wie sie damals war,
Als mein Herr Vater rückt' in Straßburg ein?
Da konnten wir die Herrn der Erde sein,
Gezeichnet hätten wir in die Geschicht' uns
Mit Siegergriffel ewig, unverlöschlich,
Im Staube jetzt läg' Frankreich, Deutschland blühte!

Herzog Bournonville.

Die Hohenzollern blühten, Deutschland nicht.
Märkisch und Deutsch, der Herr verwechselts wieder.
Die Gegenordre, Prinz, hab' ich erwirkt!

Kurprinz.

So treff' Euch der Geschichte Zorn! Die richtet!
Herzog, gewogen werden wir dereinst,
In gleichen Schalen, Ihr und Hohenzollern,
Seht zu, wer sinken wird!!

Herzog Bournonville.

Ich wart' es ab!

---

2. Auftritt.

Die Vorigen. Oberst Götzke. Später Offizier.

Kurprinz.

Wie, Oberst Götzke, Ihr?

Oberst Götzke.

Fürstliche Gnaden,
Von Schlettstadt her komm' ich im Flug geritten,
Geschickt von seiner Durchlaucht steh' ich hier.
Der Kurfürst will, daß die gesammte Vorhut,
Die Eure Gnad' und der Herr Herzog bildet,
Zurück sich ziehe zu dem Gros des Heers
Nach Schlettstadt hin, wo Seine Durchlaucht dann
Verstärkt durch Euch, den Feind erwarten will.
Es kommt zum Kampf!

Kurprinz.

Zum Kampf? Gelobt sei Gott!
Wann mit dem Regimente brech' ich auf?

Oberst Götke.

Die Stund ist frei, doch eingetroffen sein
Müßt Ihr mit Abendsanbruch, morgen. Euch,
Herr Herzog, gilt der gleiche Marschbefehl.

Kurprinz.

Ich schlage vor, Glock' drei.

Herzog Bournonville.

Glock' drei, mir recht
Glock' drei marschier' ich von Stadt Kolmar ab.

Kurprinz.

Und ich von Türkheim hier.

Gräfin Türkheim.

Noch diese Nacht?
Dann fällt Schloß Türkheim ja in Feindeshand.

Oberst Götke.

Seid ohne Furcht, Türenne kennt Höflichkeit.

Gräfin Türkheim.

Wird er nicht meines Vaters Abfall rächen?

Herzog Bournonville.

An seiner Tochter nicht.

Kurprinz.

Ihr dürft nicht bleiben,
Ich mag's nicht denken, nein!

Gräfin Türkheim.

Ich rüste mich. (ab.)

3. Auftritt.

Die Vorigen. Johann Frischmann. (tritt ein.)

Kurprinz.

Herr Resident, nennt's nicht Beleidigung,
Doch heut noch müßt Ihr fort, macht Euch bereit
Zur Fahrt sofort in das französische Lager;
Gleich geb' ich den Befehl. (zum Herzog.) Herr lebet wohl.
(mit Oberst Götze ab.)

Herzog Bournonville. (für sich.)

Du frecher Brandenburger, wart', wir rechnen
Noch ab zusammen!

Frischmann.

Heut schon soll ich fort?
Was ist geschehn? Der Herr war ein Kurier.
Ihr brecht wohl auf? (Herzog schweigt.) Herzog
Ihr seid erhitzt,
Ihr habt wohl angenehm Gespräch geführt?
Die lieben Hohenzollern, he? Ihr liebt
Sie auch recht innig, was?

Herzog Bournonville.

Wie alle Welt.

Frischmann.

Brecht Ihr zusammen auf?

Herzog Bournonville. (erregt mit sich beschäftigt.)

Zusammen, ja.

Frischmann.

Nach Schlettstadt hin?

Herzog Bournonville. (fährt auf.)

Wer sagt, wir brächen auf?

Frischmann. (lacht.)

Ihr habt's gesagt.

Herzog Bournonville.

Ich?

Frischmann.

Ja, Ihr selbst. — Brecht nur

Nicht früher auf, als er, denn sonst —

Herzog Bournonville.

Was sonst?

Frischmann.

Sonst ist er abgeschnitten.

Herzog Bournonville.

Ich versteh' nicht.

Frischmann.

Sehr einfach doch. Des Prinzen Regiment
Ist der hinausgeschobne rechte Flügel
Des deutschen Heers, halb hängt er in der Luft;
Ihr bei Stadt Kolmar müßt die Flank' ihm decken.
Brecht Ihr nun früher auf, und rückt Türenne,
Der sich geteilt hat in zwei Heereshaufen,
An Eure Stell' heimlich und unbemerkt,
Stehn die Dragoner eingeklemmt! Im Rücken
Und vorn bedroht, ist Euer Prinz gepackt!

Herzog Bournonville.

Beim Himmel, ja! (faßt sich.) Drum eben brechen wir
Gleichzeitig auf. Was seht Ihr so mich an?

Frischmann.

Herzog, die Stund' ist eine große Stund'!
— Seid Ihr ein Mann, der wagen kann?!

Herzog Bournonville.

Verrat?!

Frischmann.

Brecht früher auf! Ich überbring's Türenne!
Um eine Stund' nur irrt Euch!

Herzog Bournonville.

Laßt mich los!

Frischmann.

Heut Nacht noch muß der Prinz Gefangener sein!!

Herzog Bournonville.

Frankreichs Gefangener?!

Frischmann.

Frankreich, was!
Der kleine Kriegsvorteil, den Frankreich hat.
Die Weltgeschichte klopft jetzt bei Euch an,
Daß sie einst schreib: „An diesem Tag geschah —"!

Herzog Bournonville.

Was denn „geschah"?

Frischmann.

Der Hohenzollernsturz!
Wißt und vernehmt, die Schweden rücken an
Ins Brandenburger Land, gerufen durch
Französisch Geld. Die nächsten Tag' schon bringt
An's Ohr des Fürsten schreckensvoll die Kunde
Von Mord und Brand der Schwedenlegionen!
Zerrissen wird die Mark in blutige Fetzen!

Herzog Bournonville.

Der Schwed' rückt an?!

Frischmann.

Dazu noch Eure That,
Wir hauen Brandenburg tief in die Wurzel!
Der Kurfürst muß, um seinen Sohn zu lösen,
Den Frieden schließen, der dictiert ihm wird.
Hat ihn der Krieg zu Boden nicht geschmettert,
Soll's jetzt der Friede thun, der grimmig wird
Für Brandenburg, trostloser noch als Krieg.

Herzog Bournonville.

Es ist Verrat, Verrat!

Frischmann.

Ruhm nennt's die Welt!
Die Hohenzollerneiche stürzt durch Euch!
Die That hebt hoch zu den Gewaltigen
Der Kriegsgeschichte Euren Namen auf,
Denn der Erfolg ist's, der die Flecken tilgt.
Besinnt Ihr wirklich Euch?

Herzog Bournonville.

Unmöglich ist's,
Der Prinz bemerkt's, marschier' ich früher ab.

Frischmann.

Ihr seid gedeckt durch Wald und Bergesrücken.

Herzog Bournonville.

Doch seine Posten werden mich verraten.

Frischmann.

Nach Eurer Seite stehn die Posten nicht,
Da er geschützt sich glaubt durch Euch.

Herzog Bournonville.

Und wenn,
Wie soll Türenne —

Frischmann.

Verständigt werden können?
Laßt einen Pulverwagen explodieren,
Das sei das Zeichen, daß Ihr abmarschiert!
Ich überbring's! In dem französischen Lager
Fliegt krachend dann ein anderer noch auf
Zum Wink für Euch, daß Ihr verstanden seid!

Herzog Bournonville.

Das hört der Prinz.

Frischmann.

Was hört er Großes denn,
Als daß ein Pulverwagen explodiert,
Das kommt wohl manchmal vor.
(Der Offizier tritt auf.)

Offizier.

Herr Resident.

Frischmann.

Ich komm'. (zum Herzog.) Macht schnell.

Herzog Bournonville.

Gebt Zeit 'nen Augenblick.

5*

Frischmann.

Ich hab' nicht Zeit. Wie stehts, ja oder nein?

Herzog Bournonville.

Ist's sicher mit dem Schwed'?

Frischmann.

Die Ehr' zum Pfand!

Offizier.

Herr Resident —

Herzog Bournonville.

Sei's denn gewagt!

Frischmann.

Ihr thut's?

(zum Offizier.) Sind Eure Pferde flink, Herr Offizier?
(ab mit dem Offizier.)

Herzog Bournonville.

Jetzt Brandenburg schlägt deine Todesglocke!! (ab.)

— —

4. Auftritt.

2 Diener. (räumen die Tafel ab.) Dann Hausmeister.
Hierauf Gräfin Türkheim.

Hausmeister. (tritt auf.)

Macht, daß ein Ende wird. Wir haben viel
Zu schaffen noch, eh' die Franzosen kommen.
Das Silber wird verpackt, im Ahnensaal
Sind die uralten kostbaren Gemälde
Noch abzuheben: wir verbergen Alles
Tief in dem tiefsten Keller. Da, nimm das.
(1. Diener ab.)
Du nimm die goldnen Leuchter. Jesus Christus,
Wenn die verloren gingen! Alois,
Du kanntest die Frau Gräfin noch, die selige,
Wie hing sie d'ran! Sie sind die Hochzeitsgabe
Der Majestät von Oesterreich.

Diener.

Wie das flinkert
Von Diamanten und Juwelen.

Hausmeister.

Geh',
Du bist ein treuer Bursch, Dir trau' ich's an.

(2. Diener mit den Leuchtern ab, es wird dunkel.)

Gräfin Türkheim. (tritt auf.)

Hausmeister, hört, ich — Seltsam, sonderbar!

Hausmeister.

Gnädigste Gräfin?

Gräfin Türkheim.

Amadäus und
Der Alois soll'n mich begleiten, Ihr
Geht hin nach Schlettstadt in des Prinzen Schutz;
Dort seid Ihr sicher.

Hausmeister.

Gnädigste Comtesse,
Darf ich Euch nicht begleiten auf der Reis',
Laßt mich in Türkheim bleiben, ich bewach's;
Ich und Schloß Türkheim sind zu alte Freunde,
Die trennen sich nicht mehr.

Gräfin Türkheim.

Du guter Alter.
Seht, ob bereitet Alles ist. (Hausmeister ab.) Wie seltsam!
Als ob ich in ein Totenzimmer träte,
So weht' es eben mich, durchschauernd, an!
Wo blieb das Licht? Wie dunkel das hier ist!

5. Auftritt.

Die Vorige. Kurprinz.

Gräfin Türkheim.

Prinz, lebet wohl.

Kurprinz.

Wie, „lebet wohl"? Fahrt Ihr
Nach Schlettstadt nicht?

Gräfin Türkheim.

Nein, Prinz, ich reis' nach Wien
Zum Hof des Kaisers, der uns gnädig ist.
So hat mein Vater mir es anbefohlen,
Wenn ich Schloß Türkheim einst verlassen müßte.

Kurprinz.

Wann kehrt Ihr wieder?

Gräfin Türkheim.

Wenn der Krieg zu End'.

Kurprinz.

Dann bin ich fern in meiner fernen Mark.
— Kommt einmal nach Berlin!

Gräfin Türkheim.

Wir dürfen's nicht,
Das zög' uns kaiserliche Ungnad' zu.
Ihr wißt ja, wie es steht, was quält Ihr mich.

Kurprinz.

So ist der Traum denn ausgeträumt.
Die holden Tage sind dahin geeilt
Schnell, wie die Rosen eilen!

Gräfin Türkheim.

Nie vergeß' ich!

Kurprinz.

Laßt Euer Antlitz in mein Herz mich bannen,
Daß, wo ich weil', auch Gräfin Türkheim sei!
— Antonie!!

Gräfin Türkheim.

Karl Emil!!

Kurprinz.

Holdseliger Laut.

Noch einmal sprich's!

Gräfin Türkheim.

Nie mehr.

Kurprinz.

Seid so versiegelt
Ihr Lippen ewig gegen fremden Kuß!

(sie küssen sich.)

Gräfin Türkheim.

Da! Ein Kanonenschlag!

Kurprinz.

— Nein, der klingt anders.

Gräfin Türkheim.

Schon wieder! Horcht!

Kurprinz.

— 's ist nichts Besonderes.

Gräfin Türkheim.

— Nun ist es still.

Kurprinz.

Ihr zittert?

Gräfin Türkheim.

Ich erschreckte.

Kurprinz. (sie umarmend.)

Bist Du jetzt ruhig?

Gräfin Türkheim.

Ja, so bin ich ruhig.

Kurprinz.

Du süßer Schmerz, du schmerzensvolle Lust!
Des Findens Seligkeit, des Scheidens Qual
Durch einen einzigen Augenblick verknüpft!
So nehm' ich Abschied, ewig, ewig!

Gräfin Türkheim.

Wie blaß Dein Antlitz ist.

Kurprinz.

Das fahle Licht.

Gräfin Türkheim.

Nein totenbleich! Dein Antlitz trägt den Zug,
Die rätselhaft, geheimnisvolle Rune,
Wie sie die Menschen tragen, die der Tod
Schon lauernd sucht und plötzlich überstürzt!
— Nimm vor dem Herzog Dich in Acht!!

Kurprinz.

Was denkst Du?!

Gräfin Türkheim.

— — Hörtest Du nie davon?

Kurprinz.

Es giebt wohl Manches,
Das seltsam ist. Doch den Zug trägst Du auch!

Gräfin Türkheim.

Siehst Du! Vorhin, als ich mich rüstete,
Zerbrach das Kreuz mir plötzlich in der Hand,
Der Mutter heiliges Vermächtnis!

Kurprinz.

Zufall. —
Was schaust Du Dich so zagend um?

Gräfin Türkheim.

Die Flamme
Dort im Kamin wirft huschende Gestalten
Im Schattenspiel gespenstig an die Wand.
— Als ob uns Geister überschwebten, ist's!

Kurprinz.

Die Nerven sind's.

Gräfin Türkheim.

Die Seele ist's, die ahnt!

(Die Dienerschaft der Gräfin tritt mit Lichtern auf.)

Kurprinz.

Ja so, nun ist es Zeit.

Gräfin Türkheim.

Nein, kein Lebwohl.

— Fürstliche Gnad'.

Kurprinz.

— Comtesse.

(Gräfin ab, Dienerschaft folgt.)

Kurprinz. (allein.)

— Das Herz verläugnen,
Und einsam stehn — der alte Fürstenfluch!

---

6. Auftritt.

Der Vorige. Obrist Caprara. Dann Offiziere.
Hausmeister.

Obrist Caprara. (stürzt atemlos herein.)

Fürstliche Gnaden wollt verzeihn —

Kurprinz.

Caprara?
Der Herzog ritt längst nach Stadt Colmar ab.

Obrist Caprara.

Ich ritt ihm nach ... verspätet hatt' ich mich ...
Der Herzog brach sehr unvermutet auf
Von Türkheim hier ... doch als im Wald ich bin,
Hört' ich französische Kommandos schallen!!
Da kehrt ich um!

Kurprinz.

Französische Kommandos?!

Obrist Caprara.

Prinz, schickt Patrouillen vor!!

Kurprinz.

Ihr müßt Euch irren,
Es kann nicht sein, dort steht Ihr Kaiserlichen!

Obrist Caprara.

Wenn sie nun abmarschiert?

Kurprinz.

Es war bestimmt
Glock' drei! Schon abmarschiert?! Das wär' Verrat!!

(Offiziere stürmen nacheinander herein.)

1. Offizier. (tritt auf.)

Prinz, gebt Befehl, Franzosen rücken an!
Vom Wald her brechen Musketiere vor!

(Schüsse fallen.)

Kurprinz.

Das ist ein Ueberfall! Alarm!! Alarm!!

Obrist Caprara. (am Fenster.)

Die Schüsse blitzen dort auf.

Kurprinz. (eilt auch ans Fenster.)

Schon so nah?!
Gräfin, zurück, fahrt nicht! (Schüsse.) Ach!! 's ist geschehn!

2. Offizier. (tritt auf.)

Wo ist der Prinz? Durchs Wiesenthor strömt donnernd
Die Reiterei des Feindes, Kürassiere!
Wir sind umzingelt!

Obrist Caprara.

Ist die Brück' noch frei?!

Hausmeister. (stürzt herein.)

Herr! Herr, sie stirbt! Herr, sie verlangt nach Euch!

3. Offizier. (tritt auf.)

Wir sind verloren! Abgeschnitten sind wir!
Die Brücke ist besetzt durch Artillerie!

Kurprinz.

Sie stirbt! Sie stirbt! Und ich darf zu ihr nicht!

Obrist Caprara.

Ergebt Euch, Prinz.

Kurprinz.

Ich mich ergeben? Ich?
Ein Prinz von Brandenburg und sich ergeben?
Ein Hohenzoller, Herr, ergiebt sich Gott,
Niemals dem Feind! Reicht die Standarte mir!
Kennt Ihr sie noch?! Der rote Adler flog
Todsprühend Euch voran bei Wasselnheim,
In seinen Fängen saß der Sieg! Und heut,
Seid Ihr dieselben noch? Er ist's!

1. Offizier.

Wir auch!
Wir hau'n uns durch, so lang ein Pferd noch heil!

Alle.

Wir wollen für Dich kämpfen, für Dich sterben!
(Trompeten.)

Kurprinz.

Vorwärts zum Angriff! Der Trompete Jauchzen
Klingt mir wie Hochzeitsjubel! Schön stirbt sich's,
Herrlich und groß, wo Hohenzollern stirbt!!
(Alle ab.)

— — — —

(Ende des V. Vorganges.)

— — —⟶⟵ — —

VI. Vorgang.

(Dorf Benfeld. Quartier des Kurfürsten.)

---

1. Auftritt.

Kurfürst. Offizier. Prinz v. Braunschweig.

Offizier. (meldet.)

Herr Prinz von Braunschweig.

(Der Prinz tritt auf. Offizier ab.)

Kurfürst.

Seid willkommen, Prinz.
Höchst pünktlich rückt Ihr an.

Braunschweig.

Ich komm' allein.

Kurfürst.

Wie? Eure Regimenter?

Braunschweig.

Kommen nicht.
Ich komm', Lebwohl zu sagen. Köln und Münster
Sind in mein Land gefallen! Ja, Herr Kurfürst,
Derweil ich steh' am Rheinstrom, brechen Nachbarn
Mir in mein Haus! Das Oberste zu unterst
Wird blutig umgestürzt! Narr, der ich nicht
Schon längst marschiert; ich hab's gewittert, lange.
Da habt Ihr Deutschland und wofür wir kämpfen
In Frost und Eis! Die deutsche Herrlichkeit,
Angrinsen wird sie aus der Dörfer Feuer,
Aus Blut und Raub mich, aus der Bauern Knochen,
Die durch den Schnee vorstarren. Und das Geld
Zu diesem Kriegszug hat Paris verschafft.
Die Judasse! Doch fassen will ich sie
Mit Eisenfaust! Ich hab' gelernt den Krieg:

Sie sollens merken. — Frank herausgesagt,
Ich freu' mich auf den Tanz! Ich schlage lieber
Den Kölner als Türenne! Mein Erbfeind ist's!
Was schiert am End mich Frankreich?

Kurfürst. (erschüttert für sich.)

Bruderhaß,
Du alter, blut'ger! — 18000 Mann
Zapft Ihr mir ab!! Jetzt, wo ich schlagen wollte!
Wo nehm' ich her Ersatz?! Schon sind wir schwach!
Ich kann nicht schlagen so! Doch schlag' ich nicht,
Versumpft der Krieg! — Bedenkt, wenn Frankreich siegt!
Deutschland wird jammervoll! Zerrissen wirds,
Zerstückelt und geschlachtet! Straßburg fällt!   .
Der Damm zerbricht! Wer sagt Euch, ob die Woge
Nicht Braunschweig auch ersäuft?! Der Kaiser räch' Euch!
Wenn Er dem Kölner befiehlt —

Braunschweig.

Der Kaiser! (zieht ein Schreiben
hervor.)
Die Antwort bracht' mir mein Kurier zurück
Vom Wiener Hof.

Kurfürst.

— — Das kam vom Kaiser nicht!

Braunschweig.

Doch kam's von ihm!

Kurfürst.

Nein!! Aber unsichtbar
Und nicht zum Greifen hockt im Pfaffenmantel
Der Dämon, der uns haßt!! — So kriegesfroh
Kam ich marschiert! Ich hofft im Feindessturz
Die teuren Reichskleinodien zu finden!
Zurückerobern Herrscherherrlichkeit
Wollt' ich dem Deutschen, daß er Hansnarr nicht
Und ein Gelächter für den Erdball sei!
Das Reich hab' ich gewollt! O meine Hoffnung!
Umsonst geopfert, in den Schmutz geworfen
Den Schweiß der Mark und meiner Völker Blut!
Nichts bring ich heim als Zorn und Bitternis!

Braunschweig.

Auch ich hab opfern müssen, doch, Herr Fürst,
Eins bring' ich heim, das warm das Herz mir hebt:
Erinnerung ist's an einen großen Mann!
Laßt Eure Hand mich drücken! Gebt zum Abschied
Ein Wort mir mit, an dem ich zehren kann,
Nachsinnend seiner Tiefe!

Kurfürst.

Deutschland, Prinz!
In Eures Herzensschreines Innerstes
Sä' ich dies Wort! Da drin muß Deutschland wachsen,
Wenn's neu erblühen soll! Gott schütz' die Saat!
Umarmet mich.

Braunschweig.

Lebt wohl. (ab.)

Kurfürst. (allein.)

Herr Du der Gnade,
Kann elend ganz aus deiner Gnade fallen,
Wer königlich darin gestanden einst?
Germanien liebtest Du! Hoch stand es, herrlich
In Herrscherrüstung vor den Völkern, daß
Der Feind erzitterte! Und mehr der Gnade noch:
Rom welkte hin, die Welt verdurstete,
Da reichte Deutschland ihr den Feuertrunk
Aus eines Mönchleins Händen, und sie trank!
Noch rühren mächtig sich die Geistessäfte
Im alten, knorrigen Stamm, noch kann er blühen,
Leg' nicht das Beil schon an! Noch kann die Welt,
Die totkrank ist, ein zweites Mal genesen
An deutscher Kraft! Herr, Dein Germanien ruft!
Hier knie' ich vor Dir, wie ein schmutziger Bettler
Vor einem König kniet! Gieb mir ein Zeichen,
Daß gnadenvoll Du deutschen Lands noch denkst!
Ob vor dem Strahl mein irdisch Aug' auch zuckt,
Schenk' Du das Zeichen! — Still und stumm und taub.
Du dunkler Vorhang der Jahrhunderte,
Wer doch dich lüften könnte! — An die Arbeit.

(er klingelt.)

2. Auftritt.

Der Vorige. Offizier. Dann Friedrich v. d. Pfalz.

Kurfürst.

Den Oberst Götze ruf' mir.

Offizier.

Gnädiger Herr,
Den habt Ihr ja verschickt nach Türkheim hin.

Kurfürst.

Das war doch gestern. Er ist längst zurück,
Muß längst zurück schon sein.

Offizier.

Er ist's noch nicht.
(Friedrich v. d. Pfalz tritt ein.)

Kurfürst.

Wie? Nicht zurück? Und Oberstlieutenant Dönhof,
Den ich ihm nachgesandt?

Offizier.

Steht auch noch aus.

Kurfürst.

Sie fehlen Beide?

Friedrich v. d. Pfalz.

Wie, den Dönhof hast Du
Noch extra abgeschickt? Warum?

Kurfürst.

Zu melden,
Daß wir von Schlettstadt nach Dorf Benfeld uns
Zurückgezogen. Götze war schon fort.
Schnell, sendet Reiter aus nach Schlettstadt hin,
Ob nicht der Kurprinz unterweges. (Offizier ab.) Seltsam!
Hm, das gefällt mir nicht!

Friedrich v. d. Pfalz.

Sieh doch nicht schwarz.

Kurfürst.

Ich hab' hier lernen müssen, schwarz zu seh'n!
Ich wollt', ich hätte meinem Jungen nicht
Den Posten, den gefährlichen vertraut!
Und ihm zur Seit' der spanische Jesu't,
Der Kaiserlicher General sich nennt!

Offizier. (tritt auf.)

Herzog von Bournonville.

Friedrich v. d. Pfalz.
                    Warum nennst Du
Den Kurprinz nicht?

Offizier.
            Der Kurprinz fehlt.

Friedrich v. d. Pfalz.
            Er fehlt?!
(Betretene Pause. Man hört draußen das Lachen Bournonvilles.)

3. Auftritt.

Die Vorigen. Herzog v. Bournonville.

Herzog. (spricht noch draußen.)

Ein luftiger Scherz und neu. Den geb' ich weiter.
                    (tritt ein.)
Zum Gruß, Ihr Herren. Verzeiht, daß ich noch lach',
Ein prächtiges Witzwort meines Offiziers . . .

Kurfürst.

Wo ist mein Sohn?

Herzog v. Bournonville.
            Weiß nicht.

Kurfürst.
            Wie, wißt es nicht?

Herzog v. Bournonville.

Erlaubt, ich ſitz'. Anſtrengend war der Marſch,
Zwar war das Wetter gut, nicht warm, nicht kalt, . . .
Ich lach' noch jetzt, 's iſt gegen Schicklichkeit . . .

Kurfürſt.

Seht mir in's Auge, Herzog!

Herzog v. Bournonville.
Nun?

Kürfürſt.
Ich frag'
Noch einmal Euch! Wo ließt Ihr meinen Sohn?

Herzog v. Bournonville.

Herr! Soll ich Eures Sohnes Hüter ſein?!
Was weiß denn ich?! . . . Zwar hatten wir beſtimmt
Glock' drei zum Abmarſch gegenſeits, doch ich,
In Sorg' vor'm Feind, der übermächtig ſtand
Und plötzlich Miene machte, ſich zu rühren,
Um mich verderblich ins Gefecht zu zieh'n,
Brach früher auf.

Kurfürſt.
Als er?!

Herzog v. Bournonville.
Des Feindes wegen.

Kurfürſt.

Dann war des Prinzen Flank' ja unbedeckt!!

Herzog v. Bournonville.

Ich konnt's nicht hindern.

Kurfürſt.
Mußt's der Prinz?

Herzog v. Bournonville.
Ich that,
Was ich noch konnte thun, ich ſandt' 'nen Boten.

Kurfürſt.

Was gab mein Sohn zur Antwort?

6

Herzog v. Bournonville.

Weiß ich nicht,
Der Bote kam nicht wieder.

Kurfürst.

Kam er hin?!

Herzog v. Bournonville.

Ich denk', ich hoff' es.

Friedrich v. d. Pfalz.

Gnädiger Gott!

Oberstlieutenant Dönhof. (draußen.)

Wo ist
Mein Herr, der Kurfürst?

Kurfürst.

Das ist Dönhofs Stimme!

—

4. Auftritt.

Die Vorigen. Oberstlieutenant Dönhof.

Kurfürst.

Hast Du mein Wort dem Prinzen ausgerichtet?

Oberstlieutenant Dönhof.

Mein Kurfürst, nein. Der Weg zum Prinzen war
Vom Feind gesperrt. Nur dem Herrn Herzog konnt' ich,
Der aufgebrochen von Stadt Colmar schon
Und auf dem Marsch nach Schlettstadt sich befand,
Noch deine Ordre melden.

Kurfürst.

Rittst Du weiter?

Oberstlieutenant Dönhof.

Mein Kurfürst, ja.

Kurfürst.

Wie, sagte man Dir nicht,
Daß auf Stadt Colmar sich der Feind wollt' werfen?

Oberſtlieutenant Dönhof.

So ſprach mir der Herr Herzog, aber ich
Verſucht' es dennoch, meinem Auftrag treu.

Kurfürſt.

Nun?

Oberſtlieutenant Dönhof.

Gnädiger Fürſt, Kolmar war unbeſetzt,
Doch als ich durch den Forſt von Türkheim ritt,
Sah ich franzöſiſche Kolonnen vor mir.

Friedrich v. d. Pfalz.

Ah, der Herr Herzog hatte ſich geirrt!
Stadt Kolmar nicht, Schloß Türkheim war das Ziel!

Oberſtlieutenant Dönhof.

Voll Sorg' und Angſt kehrt' ich im Flug zurück,
Das kaiſerliche Heer noch zu erreichen,
Damit dem Prinzen Rettung ſei gebracht.
Jedoch mein Pferd, vom langen Weg geſchwächt,
Brach mir zuſammen, und ein Bauerngaul
Trug mich erſt jetzt in dieſem Augenblick,
Wo es zu ſpät (zum Herzog deutend), in ſeine Näh', in's Lager.

Kurfürſt.

Der Feind war ſtark?

Oberſtlieutenant Dönhof.

In dichten Schwärmen, ſchien's,
Durcheilten ſie den Wald. Herr laßt die Hoffnung!
Türkheim iſt abgeſchnitten, und der Prinz,
Wenn er noch lebt, iſt jetzt des Feind's Gefang'ner!

Friedrich v. d. Pfalz.

Zur Rettung oder Rache, aufgebrochen
In dieſer Stunde noch, das ganze Heer,
Und im Gewaltmarſch auf den Feind geſtürzt!
Herzog, beſinnt Ihr Euch? Die Ehre ruft!

Herzog v. Bournonville.

Was denkt Ihr von uns? Hat der Menſch denn Flügel?
Er hat zwei Beine nur, mein Heer iſt müd',
Wir ſind marſchiert und ſchlafen woll'n wir heut.
Nicht einen Schritt mehr thun wir Kaiſerlichen.

6*

Friedrich v. d. Pfalz.

Steh' nicht so steinern, bitt' ihn doch!

Kurfürst.

Verdorren
Soll mir die Zunge, wenn ich bitt'!

Herzog v. Bournonville.
(schrickt zusammen, für sich.)

Trompeten!

Kurfürst.

Wir zieh'n allein! (Näher Trompeten.)

Dönhof.

Das märkische Signal!
Da sprengt der Oberst Götze vor das Haus,
Verbundenen Kopfs.

Friedrich v. d. Pfalz.

Er lacht!!

Oberstlieutenant Dönhof.

So lacht der Sieg!!

Friedrich v. d. Pfalz.

Mein Friedrich Wilhelm!!

Kurfürst.

Haltet fest das Herz,
Wer weiß, was kommen mag.

———

5. Auftritt.

Die Vorigen. Oberst Götze.

Friedrich v. d. Pfalz.

Ein Wort nur sprich:
Tot oder lebend?!

Oberst Götze.

Lebend und im Sieg!
Laß Deine Hand mich küssen, Fürst und Held
Und Vater eines Helden! Türkheim heißt

Der jüngste Siegesstein im märkischen Schild,
Hell funkelt er zu Hohenzollerns Zier!

Kurfürst. (bedeckt die Augen.)
Wart' einen Augenblick. — Steh' auf, bericht'.

Oberst Götzke.
Es war spät Abends, Herr. Das Regiment
Lag teils im Schloß, teils nordwärts, in der Stadt,
Sorglos im Schlaf. Ein festes Lager war,
Wo man dem Feind direkt genüber sah,
Nördlich bezogen, und nach Süd und West,
Nach Colmars Seit' stand, wie man glauben mußt',
Ja der Herr Herzog nah. Da knallt's von Schüssen
Plötzlich im Süd, und westwärts im Gehölz
Schlägt die Franzosentrommel zur Attake!
Eh' wir noch atmen konnten, stand das Schloß
Umzingelt rings! Die märkische Trompete
Ruft schmetternd zum Alarm, und aufgetaumelt
Stürzt der Soldat heraus: Der ohne Stiefel,
Der ohne Rock, halb nackt schmeißt der Dragoner
Sich auf den Gaul und prescht zum Sammelplatz.
Schnell ordnend fliegt der Prinz die Reih'n entlang,
Dann grimmig, wie die Meereswog' im Sturm,
Die niederreißt, was widersteht, so brechen
Wir flutend auf den Feind! Der springt zurück
Bis zum Gehölz, und Luft wird für die Stadt,
Daß man auch dort sich sammelt. Unterdeß
Wirft Schwarm auf Schwarm französischer Musketiere
Zum Kirchhof sich, der, südwärts von der Stadt,
An Colmars Straße liegt. Die Rückzugslinie,
Die einzige, ist diese Straß' für uns!
Gefangen sind wir, wie der Dachs im Loch,
Wenn wir die Straß' nicht kriegen! Furchtbar formt
Der Feind Carré, und totenstille wird's.
In zwei Geschwadern, je zwei Glieder stark,
Steh'n die Dragoner, die Trompete bläst,
Und rasselnd vorwärts fegt der Reitersturm
Zum Kirchhof an den Feind! Der steht,
Steht stumm, kein Schuß; da auf zehn Schritt blitzt's auf,
Da kracht es, knallt's, wie die Musik der Hölle,
So schmettert es in's Ohr, und Kerl und Gaul
Wälzt sich am Boden hin zu Hunderten
In blutigem Knäuel grad vor des Feinds Gewehr!

Der nimmt den Kolben, gellend durch's Geheul
Schallt's: vive le roy! Doch schon jagt auch heran
Mit Windeseil das andere Geschwader,
Und eh' noch laden kann der Musketier,
Unwiderstehbar, rasend, mit Gewalt
Kommt jetzt der zweite Stoß! Der trifft! Er wirft,
Und übermähnt im nächsten Augenblick
Von Pferdeköpfen dicht ist das Carré,
Die beißen um sich, und der Reiter haut!
Eng an des Kirchhofs Mauer eingekeilt
Giebt's kein Entflieh'n; was nicht der Säbel frißt,
Das wird vom Huf zertrampelt! Herr, so hatten
Die Straß' nach Colmar siegreich wir erobert!

(Lärm. Der Kurprinz tritt auf. Hinter ihm drängt sich stürmisch und jubelnd
sein Gefolge.)

---

6. Auftritt.

Die Vorigen. Der Kurprinz.

Kurprinz.

Mein Kurfürst, das Dragonerregiment,
Das Du mir anvertraut, meld' ich zurück.
Zwei Fahnen seien zu Füßen Dir gelegt,
Die wir eroberten in Türkheims Kampf.

Kurfürst. (zum Herzog.)

Nehmt Brandenburgs und Hohenzollerns Dank!
Das war der erste Sieg des märkischen Schwerts,
Allein verfochten gegen Frankreichs Kraft!
Wir danken Euch, Herr Herzog! — Karl Emil!

(Der Kurprinz eilt in seine Arme.)

(Ende des VI. Vorganges.)

VII. Vorgang.

(Straßburg. Zimmer der Marquise. Abenddämmerung. Von
der Straße klingen zuweilen Musik, Gesang und jubelnde Rufe
herauf, aber gedämpft, in ziemlicher Entfernung.)

———

1. Auftritt.

Herzog v. Bournonville. Dann Marquise.

Herzog.
(allein, in finsteres Brüten versunken.)

Marquise. (tritt auf.)

Schon wieder! — Nun, Herr Oheim, freut's Euch nicht?
Das Siegesfest der Brandenburger ist's.
Hört, hört nur. Lacht doch mit.

Herzog.
       Laßt mich allein.

Marquise.

Eh' ich dem Prinzen diesen Tag gegönnt,
Geschleudert hätt' ich ihn in ewige Nacht!
Haß, sagt man, sieht mit hunderttausend Augen;
Der Eurige scheint blind wie Mädchenliebe!

Herzog.

Schweigt, Nichte.

Marquise.
       Schweigen, wo ich glüh' im Zorn?
Wenn schon Türenne geschlagen werden sollte,
Wenn's mußte sein, warum marschiertet Ihr
Und überließt den Märkischen allein
Des Sieges Glorie? Ein jeder Stein
In Straßburgs Gassen kennt den Zollernhaß,
Der Eure Brust erfüllt, ein jeder Stein
Kennt auch den Hohn, der drum zu Dank Euch wird!
Verherrlicht glanzvoll, was Ihr tötlich haßt,

Das thatet Ihr, und Euren Schritten nach
Schallt das Gelächter und des Lagers Spott!
Wenn ich nur wüßte —: Warum zogt Ihr ab?

Herzog.

Weil — — Lasset mich.

Marquise.

Zu Tode lächeln sie,
Ich seh's, ich seh's, den Feldherrn Bournonville!

Herzog.

Dies wollt' ich tragen, schlimmer doch ist Eins:
Das Zischeln rings, das Deuten mit den Fingern
Auf den Verräter=General!

Marquise. (fährt auf.)

Wer wagt?

Herzog.

Sie Alle.

Marquise.

Wehrt Euch, wehrt Euch!

Herzog.

Darf ich's denn?!
— Mit meines Degens, meines Namens Ehr'
Hab' ich erkauft des Brandenburgers Sieg!

Marquise. (die begriffen hat.)

Statt seinen Sturz?! Verderben! Schicksal! Schicksal!

Herzog.

Wär' ich doch nie dem deutschen Hund gefolgt!

Marquise.

Wen meint Ihr?

Herzog.

Frischmann, Frankreichs Resident.

2. Auftritt.

Die Vorigen. Marguerite.

Marguerite.

(erscheint in der Thür, winkt der Marquise und spricht gedämpft:)

Ein Bauer wartet draußen, der den Herzog
Zu sehn verlangt.

Marquise. (laut.)

Ein Bauer? der Herzog wird aufmerksam.)

Marguerite. (zu ihm hinflüsternd:)

Einen Brief
Des Residenten bringt er.

Herzog. (springt auf, hastig.)

Führt ihn ein.

(Marguerite ab. Der Bauer tritt ein und blickt sich um.)

Herzog.

Hier seid Ihr sicher. Gebt. (Der Bauer wirft Bart und Verkleidung ab.)

Herzog. (erkennt ihn.)

Ihr selbst?!

---

3. Auftritt.

Herzog. Marquise. Frischmann.

Frischmann.

Gesandt
Vom Graf Türenne und Zunge seines Zorns!
Herr, Ihr verrietet uns!

Herzog.

Ich?

Frischmann.

Ihr!

Nie wär' der Prinz in jener Nacht entschlüpft,
Er wär' gespießt an Frankreichs Bajonett!
Ihr habt gewarnt, habt doppelt Spiel gespielt!

Herzog.

So wahr ich leb'. —

Frischmann.

So wahr ich lebe, ja!
Was rettet' ihn, wenn's Euer Wink nicht war?

Herzog.

Sein Schick, sein Griff, verdammt, nennt's, wie Ihr wollt,
Sein Kriegesblick.

Frischmann.

Und sei er Cäsar selbst,
Er wär' gepackt, eh' noch ein Pferd gesattelt;
Denn Graf Türenne kam wie Gewittersturm,
Der Nachts die Schläfer schmetternd überflammt:
Eh' sie ihn merken, steht der Tod am Bett!

Herzog.

So war's ein Dämon, der ihn hat beschirmt!
Sein Dämon!

Marquise.

Wie?

Herzog.

Ich hab' es oft verspürt:
Ein Etwas giebt es um uns, über uns,
Das unsre Stunde kennt, das Glück und Tod
Und Sieg und Sturz furchtbar in Händen hält;
Abzwingen läßt sich's Nichts, es lacht der Dränger.

Marquise.

Die Ammenmärchen. Nur die Erde ist,
Der Himmel war!

Herzog.

Das Unsichtbare ist!
Sonst wär' heut Totenfeier!
(von draußen jubelnde Rufe. Er schüttelt die Faust.)
Brandenburg!

Marquise. (am Fenster,)

Da kommt der Prinz geritten! — Keinen Gruß.
Ja, schür' nur, schür' das Feuer! (zu Frischmann höhnend:)
      Seid doch stolz:
Ein Deutscher ist er! Liebt Ihr Deutschland nicht?

Frischmann.

Ich hätt's geliebt! Ja! Wenn es lebte noch!
Wo ist denn Deutschland? Wo? Germanien,
Die Kaiserin, die weltgebietende,
Die ihren Purpur in zwei Meeren wusch,
Ist tot und eingesargt. Auf ihrem Grab
Steht eine Vettel in zerrißnen Lumpen,
Die sich Germanien schimpft! Bin ich Verräter,
Ich weiß, warum.

Herzog.

      Was wollt Ihr?

Frischmann.

      Graf Türenne
Will — meint Ihr's ehrlich! — noch ein zweites Mal
Die Hand Euch reichen und —

Herzog.

      Nichts davon mehr!
Zu teuer zahlt' ich schon! Absetzen schimpflich
Wird mich der Kaiser. Doch ich komm' zuvor
Und nieder leg' ich das Kommando.

Marquise.

      Was?

Frischmann.

Die Hofpartei, der Pater Lobkowitz,
Sie halten Euch; glaubt!

Herzog.

      Fallen läßt man mich.
Die Nacht von Türkheim, die verzeihn sie nicht:
Ich selbst mir auch nicht!

Frischmann.

Löscht ihn aus, den Sieg
Durch eine zweite That! Wagt noch einmal!
Und waget schnell! Hört, was Türenne Euch —

Herzog.

Geht.
Ich geb' es auf. Türkheim hat mich's gelehrt:
Das Unsichtbare steht um Brandenburg!
Schicksal, Du selber stemmst Dich gegen uns!
Wer Dich bekämpfen will, der kämpft dafür,
Er wird zum Spott und Hasse seiner selbst!
Ich reise ab — Besiegt — Ein müder Mann.

(ab.)

Marquise.

Ja, geh' nur, geh', verkriech' Dich vor Dir selbst,
Mann ohne Mark! Er ruft den Himmel an
Für seine Erdenblindheit! Feige Seelen,
Die über Wolken Göttliches noch wittern.
Der Mensch ist König, seine Stirn die Krone,
Die ihm Natur geschenkt!

Frischmann.

Und grade jetzt,
Wo wir zum Hieb den Arm erheben wollten,
Erheben müssen, jetzt grad fällt er ab!
Der Kurfürst, wißt, ist durch den Krieg gealtert,
Der thatenlos und ohne Ehr' für ihn;
Türkheim verjüngt ihn wieder, siegesstolz
Sieht er im Sohn den Herrschergenius.
Jetzt sollt' ein Blitzstrahl seinen Prinzen treffen!
Drum kam ich her! Das Junge galt's zu rauben
Dem alten Löwen! Pantersprung bereit
Stehn längst die Schweden an der Grenz' der Mark,
Fast jede Stund' kann den Kurier ihm bringen!
Die Mark in Flammen und in Feindesfaust,
Er fern am Rheinstrom, mit geschwächtem Heer,
Und tot im Sarge der gewaltige Sohn,
Das mußt' ihn werfen, wenn er Gott nicht ist!
Der letzte Balken an dem deutschen Haus
Wär' krachend eingestürzt, in Trümmern läg's,
Und strahlend hätte Frankreich triumphiert,
Frei wär' der Weg zum Weltcäsarentum!

So fein ersonnen, und vereitelt nun
Durch eines Thoren Schwäche!

Marquise.

Politik!
Das Herz ist meine Politik, der Haß!
Was kümmert's mich, ob Frankreich triumphiert,
Ob Brandenburg; denn ausgelöscht ist Alles
Durch unsres Schimpfes brennendes Gefühl,
Nichts lebt in mir als meiner Rache Qual!
Der Prinz einst Herrscher, mit dem Stern des Ruhms,
Die Welt erfüllend mit des Namens Schall,
Und wir im Winkel, unsre Schande bergend,
Der Welt ein Spott — Zorn, überflamm' Du mich,
Und Deine Lohe reiße mich empor,
Hinauf zur Höh', dort, wo die Thaten wachsen!
Hier steh' ich, sagt, was wollt Ihr?

Frischmann.

Bah, was könnt Ihr.
Schon einmal stand ich vor Euch, — denkt Ihr dran? —
Eh' sie nach Türkheim ritten, Ihr verspracht
So siegsgewiß — — Marquisin, was — was ist Euch?

(Er sieht die Marquise, von seinen Worten getroffen, bleich und zitternd stehen
und dann mit einem leidenschaftlichen Aufschrei zorniger Scham sich in einen
Sessel werfen und das Gesicht verhüllen. Nach einer Weile sprachlosen Er-
staunens schießt ein erklärender Gedanke in ihm auf, Triumph malt sich auf seinem
Gesicht, er nähert sich und flüstert ihr zu.)

Frischmann.

Ihr wißt doch, daß der Prinz geplaudert hat?

Marquise. (murmelt.)

Was sagt Ihr da? (Jetzt begreift sie und fährt rasend empor:)
Das war gelogen Herr!!
Das ist nicht wahr!!

Frischmann. (dreist.)

Warum nicht?

Marquise.

Weil's nicht ist!!
Und lügen thut der Prinz nicht! Seht Ihr wohl,
Wie Ihr Euch da verfingt!

Frischmann. (verwirrt).

Versteht mich recht,
Ich meinte —

Marquise.

Schweigt! (geht aufgeregt auf und nieder, bleibt dann vor ihm stehen.)
— Was hat der Prinz gesagt?

Frischmann. (forschend, ausholend:)

Er sagte — (schweigt, wie zum Reden herausfordernd.)

Marquise.

Nun?

Frischmann.

Daß — (bricht erwartungsvoll ab.)

Marquise. (heraussprudelnd:)

Nun, daß was? Daß ich
Mein Herz gelegt zu seinen Füßen hin?
Und er hats auch geglaubt? Du eitler Narr!
Uralte, ewige Männergeckerei!
Wem schwatzt' er's aus?

Frischmann.

Bei Tafel, bei der Flasche
Den Offizieren.

Marquise.

Daß ich ward verschmäht?!
Verschmäht von einem Mann?! — Wär' ich ein Mann!
Nie kehrtest Du lebendig in die Mark!

Frischmann. (schnell.)

In's Grab mit ihm! Ja, sprecht sein Todesurteil!
(heimlich.)
Des Prinzen Kammerdiener ist Franzos,
Ein kecker Bursch und liebt das schmucke Gold!
Er mischt den Nachttrunk ihm!! (flüstert.) Versteht Ihr mich?!

Marquise. (schreckt zurück.)

Nein, nein! (macht einen Schritt auf ihn zu, schreckt aber wieder zurück.)
— Ja! — Nein!

Frischmann.

Schafft mir den Burschen her!
Wir gehen Hand in Hand! (Die Marquise macht sich von ihm los.)
Seid Ihr verliebt?!

Marquise.
(nach einer Pause mit kraftvollem Entschlusse:)

Hat er geschwatzt?!

Frischmann. (mühsam seinen Triumph verbergend:)

Woher denn wüßt' ich's sonst?

Marquise.

Dann stirbst Du dran!! Wie diesen Schleier hier
Reiß' ich Dein Leben durch! Träum in der Gruft
Von Ruhm und Herrscherhut!
(Aus der Ferne gedämpft brandenburgische Siegesmusik.)
— Hört die Musik.
(hinausdrohend.)
Ich hör' die Totenglocke! — Diese Nacht!!

(Ende des VII. Vorganges.)

———————

VIII. Vorgang.

(In Straßburg. Quartier des Kurprinzen. Nacht.)

— —

1. Auftritt.

Der Kurprinz. (sitzt halb angekleidet auf dem Bette, liest.) Dann:
Friedrich v. d. Pfalz.

Kurprinz. (allein.)

— So starb er elend hin.

Friedrich v. d. Pfalz. (tritt auf.)

Du wunderst Dich?
Es ist spät Abends, und ich klopf noch an.
Was liest Du da?

Kurprinz.

Das Nibelungenlied,
Den Tod des Siegfried, den von hinten traf
Des Meuchelmörders Wurf!

Friedrich v. d. Pfalz.

Wie sprichst du das
So seltsam ernst?

Kurprinz.

Sag' mir, wie denkst du: Kann
Ein Mensch wohl sterben, eh's das Schicksal will?

Friedrich v. d. Pfalz.

Was nennst Du Schicksal?

Kurprinz.

Gott — der Jedem hat
Ein Ziel gesetzt, das er erreichen soll,
Ein gutes oder böses. Giebt es Zufall,
So stimmt die Rechnung nicht, und Gottes Will',
Des Hochallmächtigen kreuzt ein Sandkorn ja;

Nichts steht dann fest, und wir sind jammervoll,
Staub vor dem Wind! Nimm Siegfried: Warum hat
Ihn Gott staffiert mit Heldenherrlichkeit,
Hochragend, prächtig, jedes Haupt verdunkelnd?
Nur daß der Tod ihn gieriger schlingen sollte?
Nein, daß er wirken könnt' mit Herrscherkraft
Für seine Völker! War das Mördereisen
Ein Rechenfehler im Exempel Gottes?
— Das düstre Bibelwort, das furchtbare
Von dem Berufensein und nicht Erwählt
Kommt wieder mir in Sinn! Ich hab' gesonnen
Schon oft darüber und ich sann's nicht aus!
Wie ist das Leben seltsam, seltsamer
Wird noch das Künftige sein!

Friedrich v. d. Pfalz.

Was ist denn los?
Fängst Du mir Grillen?

Kurprinz.

Mag wohl sein.
Ach, wie mich dieser Feldzug ekelt! Vor
Drei Monaten da zogen kriegerisch
Wir in Stadt Straßburg ein, die Glocken klangen,
Und alles Volk begrüßt' als Retter uns
Und jauchzt' uns zu! O große, goldne Zeit,
Als sich die Wimper neu zu regen schien,
Germanien, an Deinem Kaiserauge!
Tot bist Du! Schließt den Sarg! Messingne Zeit!
— Du siehst, ich kehr' sehr nüchtern heim vom Fest.

Friedrich v. d. Pfalz.

Und was das Schlimmste, Seuche herrscht im Land;
Das Fleckenfieber schleicht durch Straßburg hin.
In Deiner Gasse gehts gefährlich zu!
Ich warne Dich, such' anderes Quartier.

Kurprinz.

Dank für den Rat, mein Alter, doch ich bleib',
Ich will gebettet sein, wie's Regiment,
Und wann ich sterben soll, dann sterb' ich doch,
Nicht früher und nicht später . . . wann ich soll.
— Sahst Du den Grafen Türkheim schon?

Friedrich v. d. Pfalz.
Noch nicht.

Der arme Kerl, die einzige Tochter tot.
Man sagt, Du hast sie sterben sehn? — Ach so!

Kurprinz.

Ich sah sie sterben und ich durft' nicht zu ihr!!
Da brach mein Herz mit ihrem! — Was ich träumte
Vergangene Nacht, hör' an: Ich trug 'nen Mantel
Von roter Farbe, der von Kopf zu Fuß
Mich angenehm umhüllte: ja, mir war's,
Als gäb's nicht andre Kleider. Plötzlich ward
Er mir von hinten jählings abgerissen!
Zu Boden stürzt' ich! Weggerafft im Nu
Fühlt' ich durch Zauber mich und fortgeweht
Weit durch den Raum — bis ich mich wiederfand
In einem Wanderzug, der endlos zog
Durch öde Haide. Nach Verwesung roch's,
Und Geier kreischten! Krieger, Priester, Bettler,
Ratsherrn mit goldner Kette, holde Mädchen,
Runzlige Greise, die auf Krücken tappten,
Knaben und Kinderchen, strenge Matronen,
Bunt durcheinander wie 'ne Jahrmarktsmesse
So war der Zug gewürfelt: die in Thränen,
Der voller Fried', die lächelnd, der tief ernst.
Am Wegrand hockt' ein altes Mütterchen,
Das rang die Arme jammernd nach uns hin
Und durft' nicht mit! Vor'm Muttergottesbild
Umschlang ein Mädchen schluchzend ihren Bursch,
Der kriegsgerüstet die Muskete trug,
Der mußte mit! Da wacht' ich auf und saß
Im Bette hoch, und Schauder packte mich.
Ich wollte nicht mehr schlafen, denn mir graute!
Jedoch Natur war mächtiger als der Wille,
Gewaltig war der letzten Tage Drang,
So sank ich wieder auf das Bette, schlief.
Und weiter träumte ich! In Wald und Felsen
Vor stillem, schattigen Gewässer hielt
Der Zug jetzt an. Dort lag ein anderes Land
Und anderer Himmel: blau, tiefblau gefärbt
Und trotzdem dämmerhaft . . . die Sonne fehlte!
Drüben am Ufer wandelten Gestalten
Lieblich geschmückt, die winkten, winkten! Der
Fand seinen Vater, der den Bruder, die
Ihr Töchterchen, und bald stand ich allein.

Betäubend scharf, süßlich, zum Ekel süß
Quoll wie 'ne Wolk' der Blumenduft mir zu,
Und in der Ferne klang gedämpft Choral
Tief, düster, feierlich! Jetzt winkt' auch mir
Liebend 'ne Hand, und durch den Schleier seh' ich
An ihrer Stirn ein Mal, die runde Spur,
Wie sie die Kugel tötlich hinterläßt!
Die Gräfin war's! — Da weckt' mich die Trompete,
Ich sprang auf's Pferd. Doch noch im Schneegestöber
Roch ich den Blumenduft, im Hufgeklapper
Hört' ich noch den Choral, noch lange, lange!

Friedrich v. d. Pfalz.

Wahrhaftig, Du bist krank! Geh', leg' Dich schlafen;
Schlaf ist das Beste jetzt für Dich. Schluck's runter!
Der Schmerz ist da zum Runterschlucken! Oder
Du bist der Sohn nicht Deines Vaters!

Kurprinz.

Ja!
Ja Du hast Recht! Wär ich ein Bürgersohn,
Der Zeit hat für den Schmerz, ich weint' ihn aus.
So aber, Dank, Dank für Dein Wort! Ich bin
Ich selber wieder! Weg damit! Ich stamm'
Aus dem Geschlecht, das überwinden kann,
Wie Andre so sich selbst! — Sieh mich jetzt an!

Friedrich v. d. Pfalz.

Lang, lange wirst Du leben, Ruhm gewinnen
Und Deinen Namen türmen hoch hinauf,
Du Lieber, Großer, Einziger! Freut's mich doch,
Daß ich Dich schwach gesehn, jetzt bist Du stark!
Bleib im Quartier, Dich schützt wohl Gottes Arm! (ab.)

Kurprinz. (allein.)

„Und Deinen Namen türmen hoch hinauf"!
(trinkt seinen Nachttrunk.) (er geht zum Fenster.)
Die Nacht scheint bitter kalt. Die Schildwach' geht
Dicht eingemummt und stampfend auf und nieder,
Hell glänzt der Schnee, der Bäume Schatten dunkelt
In's Bläuliche, die Sterne funkeln prächtig.
Ja, Ihr steht fest. Da schießt ein Meteor!
Woher? Wohin? Aus Nacht in Nacht zurück! —
Die Lampe will verlöschen, ich muß eilen.

7*

— Wie wird mir denn? — Der Schwindel — dieser Schweiß
— Und diese Kälte. — Ah!! — Was trank ich da?!
— Ich bin vergiftet! Gift!! Zu Hilfe!! — Hilf'! —
— O dieser Krampf, der mir die Kehle schnürt! —
— Ich will zu Boden nicht! — Da lieg ich schon! —
— Ich brenn', ich brenne! — Meine Kraft, wo ist sie ..
— Könnt' ich zum Fenster nur. — Ist Niemand da? —
— So rollt der Kurhut hin und Ruhm und Sieg! —
— Verendend wie 'ne Ratte! — Ja, Du winkst mir ...
Ich komm', ich komme! — Ah!! — Berufen sein
Und nicht erwählt! — In Deine Hand befehl'
Ich meinen Geist ... Herr Gott und Jesus Christus.

(Die Lampe verlöscht.)

(Ende des VIII. Vorganges.)

IX. Vorgang,

—— · ——

1. Auftritt.

Der Kurfürst. (allein.) Dann Oberst Götzke.

Kurfürst.

— Herein! — herein doch! — Nun, beim Element —
He, Götzke! Klopftest Du nicht jetzt?

Götzke. (tritt ein.)

Nein, Herr.

Kurfürst.

Dann sind's die Sinne wohl, die überreizten,
Die thöricht mit mir spielen.

Götzke.

Gnädiger Herr,
Die zweite Nacht schon bleibt Ihr in den Stiefeln.

Kurfürst.

Ich bin ein Arbeitsgaul, der wohl sich fühlt
Nur im Geschirr. Seltsam war diese Nacht,
So sonderbar. An Henriette dacht' ich,
An meine erste Frau, die frühe starb.
Tief mitten in der Arbeit, während ich
Mit Nadeln in der Kart' bezeichnete
Den Heeresmarsch der Regimenter, immer
Flog der Gedank' an Henriett' durch's Hirn,
Als ob sie um mich schwebte, unsichtbar!
Verwunderlicher Zwang! — Da, nimm die Kart'
Und schau' die Weg' Dir an. — Ja, Henriett'!
Da war der Friedrich Wilhelm jung, und hoch
Schritt der Gedanke wie ein Hengst! Den großen,
Erhabnen Ahnherrn, die gleich Lichter funkeln
An der Historie Himmel, strebt' ich nach!
Heut bin ich froh, wenn meine Mark nicht hungert.
Altweiberzeit! Der Geist weist Silberfäden!

Du trotziger Fürstenglaube an sich selbst,
So ungebändigt einst, daß Gottes Gnad'
Und Gottes Hand ich wie Magie verspürte
Um meinen Scheitel, du hast ausgeglüht!
Was sind wir Großen, wenn die Stimm' d'rin schweigt,
Die tief geheimnißvolle, wunderbare?
Ein elend Holz, das tot und klanglos liegt,
Weil's nicht der Meister spielt! — Der Frost durchschüttelt mich!
— 'nen Blitzstrahl braucht' ich, einen Donnerschlag,
Der auf mich rüttelt, daß die Grundfest' wankt
Von meiner Seele Bau! — Und fast bedünkt mich's,
Als schwebt' heran die Wolk'! · Die ganze Nacht
Quält's mich wie Unheil düster, schwarz wie Schatten!
— Sind alle Feldwach'n visitiert?

Götzke.

Herr, Alle.

Kurfürst.

Die Brust beklemmt es mich!

Götzke.

Das ist der Krieg,
Der jämmerliche und die Not der Zeit,
Die Deinen Geist Dir schwärzen. Ist vergiftet
Doch hier der Sieg sogar, die Lagergassen
Durchstinkt Verrat, und wer ihn greifen will,
Hält ein Gespenst, das nicht zu packen ist,
Das fort im Fluge huscht. Dem Oberst Bredow
Ist heut der Sohn gestorben; Fieber, sagt
Der Arzt, doch die Schwadronen munkeln, Gift.

Kurfürst.

Will's denn nicht Morgen werden?

Götzke.

Herr, 's ist Morgen.

Kurfürst.

(zieht den Fenstervorhang zurück. Fahles Morgenlicht bricht herein.)

Dezembermorgen, Morgen ohne Licht,
Totfarben, aschenfahl, Nebel und Schnee.
(Offiziere treten auf und sammeln sich im Hintergrund. Der Kurfürst greift
zu Degen und Hut.)

Was munkelt man? Der Bredow wär' an —? wie? —
An Gift? Geschwätz. — Ich muß in Luft mich baden!
(öffnet das Fenster.)
Das ist ein Totenmarsch. (schließt das Fenster.) Musik, die paßt.
So wie der Tag liegt auch die Zukunft, grau.

Götzke.

Herr, und dein Sohn?

Kurfürst.

Mein Sohn! — Der Marsch kommt näher.

Götzke.

O hättest Du bei Türkheim ihn geseh'n,
Im Kriegsgewühl so ruhig, klug und kalt
Und doch begeisternd und in Flammen setzend
Den letzten Reitersknecht! Der wird noch groß,
Zum Helden wird er wachsen, Herr, wie Du!

Kurfürst.

Mehr noch als Herrscher,
Als Fürst des Friedens hoff' ich viel von ihm.
Er liebt die Wissenschaften, wird vollenden,
Was ich begann, wird Künstler, Philosophen,
Gelehrte rufen, und die Mark wird blühen
Im Glanz der Wissenschaft.
(sie hören dicht unterm Fenster den Choral. Der Kurfürst sieht hinaus.)
— Wen bringt man mir?!

---

2. Auftritt.

Die Vorigen. Oberstlieutenant Dönhof.

Dönhof. (meldet.)

Durchlauchtiger Fürst, von Straßburg komm' ich an,
Kurprinz Emil ist diese Nacht verstorben.

Die Offiziere. (murmeln.

— Verstorben —?!!

Dönhof.

Herr, die Leiche wird gebracht.
(Der Kurfürst erwidert starr, langsam, wortlos Dönhofs militärischen Gruß, zum Zeichen, daß er die Meldung entgegengenommen hat.)

---

3. Auftritt.

Die Vorigen. Friedrich v. d. Pfalz. Offiziere.
Dominikus Dietrich. Bürger.

(Die Bahre wird gebracht, das schneebedeckte Bahrtuch fortgezogen, man sieht
den Prinzen liegen. Der Kurfürst schreitet langsam, aber straff zur Bahre,
dann bricht er jäh zusammen. Nach einer Weile.)

Kurfürst. (sanft.)

— Mein lieber Sohn. Ja, Du schläfst fest. Lebwohl,
Und Friede sei mit Dir. Bitt' Du bei Gott
Für mich, wie ich auf Erden bet' für Dich.

Dominikus Dietrich.

Herr, ich muß Euren Jammer noch vergrößern.
Der Kurprinz, sagt man, ist an Gift gestorben.

Kurfürst. (springt auf.)

— Schafft mir den Mörder!!

Dominikus Dietrich.

              Nun, die Spur ist da,
Den Kammerdiener macht die Flucht verdächtig,
Drum sind ihm Reiterzüge nachgesandt
Auf allen Wegestraßen. Seid gewiß,
Sie bringen ihn gefangen.

Kurfürst.

              Wen? Den Knecht,
Den eine Stange Goldes blind bestach?
Die jämmerliche Puppe? Will ich nicht!
Den Arm will ich, der diese Puppe zog!
Der Zollernhaß hat meinen Sohn erwürgt!!
Tret' an die Bahre her, wer Zollern liebt,
Wer Zollern haßt, tret' seitwärts, er ist Mörder,
Die Blutschuld trägt er mit, ich klag' ihn an
Vor Gottes Stuhl, vor Kaiser und Geschicht'!!
(Alles drängt sich zur Bahre hin; der Kurfürst in's Leere sprechend.)
Ja, Du bist unsichtbar!
(Er wendet sich wieder zur Bahre.)
              Ist es denn wahr?!

Dominikus Dietrich.

Drängt doch das Volk zurück.

Götze.

Herr, ein Kurier.

4. Auftritt.

Die Vorigen. Kurier.

Kurier.

Durchlauchtiger Fürst, Dein Herr Statthalter schickt mich,
Herr Fürst Johann Georg von Anhalt-Dessau,
Der Schwed' ist eingebrochen in die Mark!
Mit dreizehntausend Mann ist er gelandet
Bei Wismar, schon sind Stargard, Landsberg, Crossen
Und auch Ruppin in seiner Räuberfaust;
Er plündert, brandschatzt, Truppen hebt er aus,
Ein Trümmerhauf' und Kirchhof wird die Mark!

Kurfürst.

Der Schwed' im Land?! Wer mir den Schweden rief
Und ihm die Rüstung hat bezahlt, bezahlte
Den Mörder auch von diesem Toten da!
Wollt Ihr noch mehr Beweis? Ich soll hinunter,
Hinunter in den Staub, in's Nichts. Warum?
Weil ich ein deutscher Mann und Deutschland lieb'
Und seine Feinde hasse! Morsches Reich,
Du trägst die Schuld, daß es bis dahin kam,
Nicht mehr an's Wehrgehäng saß' ich für Dich,
Los sag' ich mich, kämpf Deinen Krieg allein,
Und Frankreichs Art mag Dich zusammenhauen!
Das Herz von Deutschland schlägt in Brandenburg!!
(er schnallt sich den Degen los und schleudert ihn durch's Fenster hinab.)
Weg Du von mir, ich focht' für schlechte Sach'!
Da rost' im Rhein! (zu seinen Offizieren.)
Durchs Lager schlagt Alarm!
Es wird marschiert, heim geht es in die Mark!

Friedrich v. d. Pfalz.

Vom Rhein zur Havel, jetzt zur Winterszeit,
Wo Alles starrt in Schnee und Eisesklammern,
Den mächtigen Marsch mit dem geschwächten Heer,
Du selber alt und krank, das wagtest Du?
Ich sag' Dir, wie ein Flüchtling kommst Du an,
Geschlagen bist Du, eh' der Schwed' Dich sieht!

Schreibe nach Wien, fleh' an des Kaisers Gnad',
Hilft Er Dir nicht, so bist Du ganz verloren!

Kurfürst.

Des Kaisers Gnad!? Die Gnade Gottes, die,
Die ruf' ich an! (kniet an der Leiche.)
Hier werf ich ab von mir
Des Alters und des Kummers schwer Gebresten
Und waffne mich mit Deiner Jünglingskraft!
Alt kniet' ich nieder, jung erheb' ich mich!
Der Odem Gottes, des unsterblichen,
Braust jugendmächtig in das Herz mir ein,
Und seine Gnade strömet über mich!
Ihr, meine Obersten und Offiziers,
Was meint Ihr zu dem Schwed'?

Götzke.

Wir jagen ihn
Hinaus zur Mark!

Kurfürst.

Zur Mark hinaus, nicht weiter?
In's eigne Land sei ihm der Krieg gewälzt!
Prophetischen Auges blick' ich in die Fern'!
Die Zeit ist da, ganz Pommern zu erobern
Und meines Reiches Grenze weit zu stecken,
Bis wo die Nordsee schäumt! Man will uns stürzen,
Gott aber will, wir sollen wachsen, wachsen!
(Die Märkischen umringen ihn stürmisch.)

Kurfürst.

Nehmt auf die Leich! Im Dome zu Berlin
Wird sie bestattet. Die Armee rückt ab
Noch diesen Tag!

Dominikus Dietrich. (fällt vor ihm nieder.)

Herr, Herr verlaßt uns nicht.
Kommt's ohne Euch zur Schlacht, sind wir verloren,
Französisch werden wir, und Straßburg fällt!]

Kurfürst.

Ich kann Euch nicht mehr retten. Dort schaut hin:
Aus dem Gebein einst wird der Rächer wachsen,
Der löst Euch aus und Euren Münster mit.
Daran gedenkt in Ketten, harrt und hofft.
Bis zu den Enkeln. Straßburg, lebe wohl! (er geht.)

Dominikus Dietrich.

Der Helfer geht, jetzt Straßburg, kannst Du sterben.

(Ende.)

Druck von M. DuMont-Schauberg, Straßburg.

Berichtigungen.

I. **Vorgang,** Seite 9, dritte Verszeile von oben:
Ratsmannen, Freunde, Euer Urteil will ich,

Zehnte Verszeile von oben:
Reißeißen.

Wie wärt Ihr sonst
Ammeister, Haupt der Stadt, Herr Dieterich).
Dietrich.
Vergangne Nacht 2c.

Seite 10, sechste Verszeile von unten:
Ein wacher Traum von Gott gesendet!

II. **Vorgang,** Seite 30, zweite Verszeile von oben:
Der Zollernherr ist nur ein Fürst wie ich.

Seite 31, fünfte Verszeile von unten:
Der Katholik steht mir
Nicht ferner als der beste Protestant.

IV. **Vorgang,** Seite 45, achte Verszeile von unten:
Und in des Werkeltags Gemeinheit.

Seite 54, sechszehnte Verszeile von oben:
Das Hohelied der Schöpfungsarie
Schweigt geizig, feindlich vor des Alters Ohr!

VI. **Vorgang,** Seite 77, vierzehnte Verszeile von oben:
Wenn Er dem Kölener befiehlt —

Seite 85, neunte Verszeile von oben:
Nach Colmars Seit' stand, wie man glauben mußt',
Herr Herzog Bournonville. Da knallts 2c.

Seite 86, sechste Verszeile von oben:
Er wirft,
Wild übermähnt im nächsten Augenblick 2c.